KB235826

나를 매혹시킨

한 편의 시 ⑥

시를 사랑하는 각계 명사들의 **애송시**에 얽힌 이야기

나를 매혹시킨

한 편의 시 ⑥

전·현직 국회의장, 대통령 후보 등 각계 명사 32명이 밝힌 애송시의 내력

문학사상사

《나를 매혹시킨 한 편의 시》 6권은 주로 정계를
비롯한 재계, 법조계 인사들에게 원고 청탁서를 보냈으나,
일부 대통령 후보 등의 원고는 마감 기일 이내에 얻지 못하여
부득이 다음 기회로 미루게 되었습니다. —편집자주

잃어버린 꿈을 되찾기 위해

이 시리즈는 우리 사회의 각계각층에서 활동하는 명사들이 각박한 현실속에서도 시를 사랑하고, 아름다운 꿈을 꾸고 있는 사람들의 애송시에 얽힌 소중한 이야기들을 들려줌으로써, 독자들에게 삶과 문학이 만들어내는 '꿈'의 소중함을 다시 한 번 일깨워주고 있다. 그리고 평범하지 않은 사람에겐 거의 예외없이 아름다운 시혼(詩魂)이 깃들어 있다는 사실을 가르쳐준다.

김 성 곤(문학평론가 ·《문학사상》 주간)

　한국인들처럼 가무(歌舞)를 좋아하는 민족이 또 있을까? 굳이 중국《위지동이전》의 기록이나 일본 작가 다니자키 준이치로의《마키오카 자매들》의 언급이 없더라도, 음악만 나오면 한국인들은 신바람이 나 금세 어깨춤을 추기 시작하고 노래를 흥얼거리기 시작한다. 그래서인지 한국처럼 노래방이 많은 나라도 흔치 않을 것이다. 또 한국처럼 방송에 가요 프로그램이 많은 나라도 그리 많지 않을 것이다. 라디오나 텔레비전을 켜면 언제나 노래가 나오니 말이다.

그래서 한국인들은 시를 좋아하는지도 모른다. 시는 기본적으로 흥을 돋워주고 감동을 주는 노래가사이기 때문이다. 다른 나라 사람들에 비해 한국인들의 시 사랑은 유별나다. 예컨대 미국에서는 시집(詩集)이 팔리지 않은 지 이미 오래되었는데, 한국에서는 아직도 시집이 베스트셀러가 된다. 그러한 현상은 미국인들의 눈에는 그저 신비한 불가사의다. 그러고 보니 미국에서는 가수들을 제외하면 노래하는 사람을 찾아보기 어렵다. 그러니 시를 좋아할 리 없다.

그러나 노래와 시를 좋아하는 한국인들은 누구나 애송시를 하나쯤은 갖고 있는 것처럼 보인다. 굳이 문학도가 아니더라도 중·고등학교 때 배운 시들을 좋아하고 기억하는 경우가 많아서, 누가 애송시를 물어보면 우리는 대개 주저 없이 시인과 시의 제목을 댄다. 물론 그 애송시의 전문을 다 외우는지는 확실치 않다. 서울에 온 어느 영국인 교수는 관악산의 나무들을 보더니, 나무를 노래한 A.E. 하우스만의 시 전문을 나지막한 목소리로 암송하는데 참 듣기 좋았다. 교육받은 영국인들은 또 셰익스피어의 소네트도 한 구절씩은 대개 다 외우고 있다. 시란 아무래도 외워서 낭송해야 제멋이 나는 것 같다.

시는 또 한국인 특유의 정서인 한(恨)과도 잘 맞아떨어진다. "감나무쯤 되랴./서러운 노을빛으로 익어가는/내 마음 사랑의 열매가 달린 나무는" 으로 시작되는 박재삼의 〈한(恨)〉에 매료되지 않는 한국인은 아마 한 명도 없을 것이다. 그래서인지 한국인들의 애송시에는 대체로 거기에 얽힌 사연들이 있는 것처럼 보인다. 때로는 아름답고 감미로운 시구와 내용에 매료되기도 하고, 때로는 애송시 속에 자신의 애틋한 사랑이나 이별이나 추억을 투영하기도 하며, 또 때로는 한 편의 시가 깊은 감동과 영향을 주어 그로 인해 역경을 극복할 용기를 얻거나 삶의 방향을 바꾸는 경우도 있다.

예컨대 1960년대 한국 학생들은 푸슈킨의 〈삶〉을 책상 앞에 붙여놓고 불만스러운 현실 속에 미래의 꿈을 키워나갔으며, 릴케의 〈그리움〉이나 김영랑의 〈모란이 피기까지는〉을 암송하며 사랑하는 대상이나 유토피아에 대한 그리움과 기다림을 달래곤 했다. "일어나서 지금 가자, 이니스프리로 가자"로 시작되는 예이츠의 〈이니스프리의 호수〉 또한 이상향에 대한 꿈을 심어주었으며, 프로스트의 〈가지 못한 길〉은 당시 길 잃고 방황하던 사람들의 삶의 여정에 반가운 이정표 역할을 해주었다.

"푸른 하늘을 제압하는/노고지리가 자유로웠다고/부러워하던/어느 시인의 말은 수정되어야 한다"로 시작되는 김수영의 멋진 시 〈푸른 하늘을〉과 "모래야 나는 얼마큼 적으냐/바람아 먼지야 풀아 나는 얼마나 적으냐/정말 얼마나 적으냐"로 끝나는 같은 시인의 〈어느 날 고궁을 나오면서〉가 젊은이들의 애송시가 되던 때도 바로 그때였다. 당시 김수영의 시들은 사적인 감상을 사회적 차원으로 확대시키는 데 중요한 역할을 했다. 이육사의 〈청포도〉나 유치환의 〈깃발〉이나 서정주의 〈국화 옆에서〉 또는 김춘수의 〈꽃〉 같은 것들도 애송시로서 크게 각광을 받았다.

각박하고 어려운 현실 속에서 살아온 한국인들에게 그러한 애송시들은 늘 역경을 이겨낼 수 있는 꿈과 희망을 가져다주었다. 시가 있는 한 꿈은 사라지지 않고, 꿈이 있는 한 시도 계속되는 법이기 때문이다. 미국 작가 토머스 핀천은 "시인은 꿈을 먹고산다. 만일 꿈이 없다면 시인은 무엇을 위해 산단 말인가?"라고 말한 적이 있다. 과연 시를 좋아하는 사람들, 그래서 '나를 매혹시킨 한 편의 시'를 갖고 있는 사람들은 아직 꿈을 잃어버리지 않은 사람들이다.

문학사상사에서 펴내고 있는 '나를 매혹시킨 한 편의 시 시리즈'는 바로 꿈을 상실한 채 살고 있는 현대인들에게 잃어버린 꿈을 되찾아주는 특별한 기획이다. 이 시리즈는 우리 사회의 각계각층에서 활동하면서 아직도 꿈을 꾸고 있는 사람들의 소중한 이야기들을 들려줌으로써, 독자들에게 삶과 문학이 만들어내는 '꿈'의 소중함을 다시 한 번 일깨워주고 있다. 악몽 같은 현실 속에서 아름다운 꿈을 기억해 내고 발굴해 내는 이 작업에는 비단 시인과 소설가들뿐 아니라 정치인과 경제인과 법조인 그리고 예술가, 교육자, 언론인 등 각계 사회명사들까지 참여하고 있으며, 연령의 구별 없이 소장과 중견과 원로들이 모두 한 편의 시에 얽힌 자신들의 다양한 경험을 이야기하고 있다는 점에서 중요한 의의를 갖는다.

그런 의미에서 《나를 매혹시킨 한 편의 시》는 시인들과 독자들의 대화의 기록이자, 꿈의 제공자들과 꿈꾸는 자들의 만남의 장(場)이며, 문학과 삶 또는 환상과 현실의 연결고리라고 할 수 있다. 자신을 매혹시킨 한 편의 시를 골라 거기 얽힌 사연을 이야기하면서, 필자들은 궁극적으로 삶에 감동과 의미와 가치를 주는 문학의 신비한 힘과 예술의 효용성에 대해 이야기하고 있기 때문이다.

　그렇다면 '나를 매혹시킨 한 편의 시 시리즈'는 이 최첨단 하이테크 시대에도 문학이 여전히 우리를 감동시키고, 우리의 현실과 삶을 변화시키며, 우리의 가슴속에 숨 쉬며 살아 있다는 것을 예증해 주는 중요하고 값진 지적 성과라고 할 수 있다. 문학이 고립되어 문화계 구조조정의 퇴출대상이 된 것 같은 이 시대에, 문학이 사실은 우리의 삶을 얼마나 가치 있고 풍요롭게 해줄 수 있는가를 잘 보여주고 있다는 점에서 이 책의 출간은 적절한 것으로 여겨진다. 그와 동시에, 예술과 일상을 자연스럽게 연결시켰다는 점에서 그리고 관습의 경계를 넘어 문학의 확장을 시도했다는 점에서도 이 시리즈는 오래 살아남을 것이다.

　좋은 시들의 정수(精髓)만 모아놓은 《나를 매혹시킨 한 편의 시》가 널리 퍼져나가 문학의 중요성을 잊은 채 살고 있거나, 미처 깨닫지 못하고 있는 독자들에게 다시 한 번 문학의 중요성을 깨우쳐주는 한 권의 기념비적인 책이 되기를 바란다.

차 례

(가나다 순)

강금실

박제천 · 풍어제(豊漁祭) 그 열

[생(生)은 기다림의 연속]

기다림의 생을 살면서 조만간 이 시에서의
마지막처럼 지나간 다음의 불꽃을 말할 수 있다면
왠지 행복한 인생일 것 같다.
기다림 속에서 각고의 노력 끝에 피워낸
당당한 혼자의 불꽃을 치켜드는 듯하기 때문이다.

1957년 제주에서 태어나 서울대 법대를 졸업했다. 사법연수원 13기 수료, 서울지방법원 남부지원 판사, 서울가정법원 판사, 서울민사지방법원 판사, 서울지방법원 북부지원 판사, 서울 고등법원 판사를 역임했고, 현재 법무법인 '지평'의 대표 변호사로 활동중이다.

풍어제(豊漁祭) 그 열

박제천

그대의 뼈를 태우는 연기가 가득 차 있다
아직도 불붙지 않은 몇 조각의 뼈도 보인다
그것들의 의미(意味)가 재로 사라질 때까지
기다리겠다 내 기다림의 끝
내 생애(生涯)의 끝에 앉아 있는 새에게
말하겠다
그것들의 불꽃이 지나간 다음의 불꽃을.

생(生)은 기다림의 연속

고등학교 때까지는 학교에서 시를 배우기 때문에 좋든 싫든 시를 읽는데, 그 후 계속 시를 읽으며 생활한다는 것은 여의치 않은 듯하다. 나의 경우 대학 시절에는 시를 가까이 하여 독서의 대부분이 시집 읽기로 채워졌다. 세월이 꽤 지난 지금도 물론 시는 좋아하지만, 시를 읽는 시간은 이상하게도 살 날이 줄어드는 데 비례하여 점점 줄어들고 시집을 사는 일도 거의 드문 일이 되었다. 요즘은 어느 시인의 어떤 시가 좋은지 잘 알지도 못한다.

시와 이렇게 점점 멀어지는 인생을 두고 잘살고 있다고 이야기하기는 어려울 것 같다. 시는 정서의 체험일 뿐 아니라, 세상에 보기 드물게 아무런 괴로움이나 어려움 없이 마냥 좋아할 수 있는 몇 안 되는 소중한 것이라고 생각되는데, 멀어진 시의 자리를 대신하여 무작정 좋기만 한 다른 무엇을 내가 새로 갖게 된 것 같지는 않기 때문이다.

젊은 시절에 집중해서 시를 읽은 탓인지, 시는 멀어지기는 하였어도 도리어 그만큼 마음의 고향 같은 역할을 하는 것 같다. 잊고 있다가도 어느 지점에서는 오래전 읽었던 시구들이 떠오른다. 보통은 슬프거나 쓸쓸하거나 혹은 무언가 결단을 내릴 때, 생각 속으로 빠져들 때이니, 시가 지옥의 통로 밑바닥만큼 사는 곳에서 오래고 멀고 깊은 곳에 있는 무엇임에는 틀림이 없는 듯하다.

　때때로 좋아하던 시들을 찾아보려고 책방을 뒤질 때도 있었지만 좀처럼 되찾기 어려운 시들도 있다. 김윤희 시인의 어느 시에선가 "며칠 전 나는 그대로부터도 떠났다"는 구절, 박의상 시인의 〈성년〉 중 "성냥갑 속의 흥분도 가득한 꿈도 네겐 벌써 없다"는 구절들이 그러하다. 지금은 시를 읽는다기보다도 나의 청춘이 통과하면서 부르던 노래들을 종종 떠올리며 시의 창가를 두리번거려 보는 조로의 증세를 보이는 것인지도 모르겠다.

　이런 나도 살다 보니 몸에 지니는 부적과 같이 늘상 곁에 두게 된 시집이 있는데, 그중 하나가 박제천 시인의 《장자시(莊子詩)》이다. 대학교 2학년 때쯤 우연히 서점에서 구하게 된 이 시집은 초판이 1975년 11월에 나온 것으로 되어 있으니, 막 시집이 나온 직후였던 것 같다. 그 당시 내 손에 들어온 시집은 홀쭉하고, 한 페이지마다 두 단씩 작은 글씨로 이루어진 구절들이 띄어쓰기 없이 세로로 빽빽하게 들어차 있었다. 시집 안의 연작시 제목들도 〈허수아비가(歌)〉, 〈과녁〉, 〈오구대왕의 산문(散文)〉, 〈풍어제(豊漁祭)〉, 〈토끼사냥〉, 〈무무행(無無行)〉, 〈허사(虛辭)〉, 〈십이동판법(十二銅版法)〉, 〈아홉 개의 유각(幻覺)〉 등으로 붙여져 있어 좀 유별나게 특이하였다. 시집도 별나게 생겼고, 거기에 들어 있는 시들도 정체불명의 주문(呪文)같이 난해하여 호기심을 유발하였던 것이 아니었나 싶다.

처음 샀던 초판 시집이 어디에선가 없어져서 몇 해 후 다시 《장자시》를 샀는데 서점에 초판은 없어 재판을 구하게 되었다. 재판은 1980년에 나왔고, 평이한 편집—한 페이지에 시 한 편—의 두툼한 모양새로 바뀌어 있었다. 초판만큼 《장자시》의 매력을 살려주지는 못하는 느낌을 주어서 실망했다. 그래서 시의 옷차림인 시집의 생김새도 중요하다고 생각하게 되었다.

《장자시》의 시들을 오래 읽어왔지만 딱히 무어라고 그 시들을 이해했다고 할 수는 없다. 박제천 시인이 불교나 도교, 나아가 연작시들의 제목으로 보아서는 무속신화 등지에까지 관심이 깊어 소재와 감상, 시인의 상상력을 결합해서 삭이고 삭여 빚어낸 시들로 짐작이 됐다. 그 결과물로서의 시어들이 고수의 경지에 이른 무희의 현란한 춤 같으면서도 세상의 불빛을 등지고 몸을 접는 허무함이 스며 있는 듯도 하고, 태어나기 전 캄캄한 바다에서 혼자 부르는 노래 같기도 하다. 일상의 수면에 잘 떠오르지 않는 무의식의 독백 같아서 아무도 들어올 수 없는 퇴락한 안뜰의 어둠 속에 앉아 혼자 불을 지피고 있을 때 들리는, 흔들거리는 불빛의 탁탁거리는 소리, 꼭 그런 느낌을 받는다.

물도 불도 속이 들여다보이고 맞은편의 강산(江山)도 몇 개의 뼈를 드러내 보이는 이 나라 여기 이르러 모두 버린 다음에 가볍게 만나보는 그대의 자취

—〈허수아비가(歌)〉 그 둘

그대와내가하늘에서만난다혹은바다에서혹은그대의집부뚜막에서만난
다청솔가지의연기속에서만난다

—〈오구대왕의 산문(散文)〉 넷

이전(以前)에 없었던 길이 보인다 번뇌(煩惱)의 길이다 모두 나타났다가
사라지고 사라지면 나타난다

—〈무무행(無無行)〉 그 하나

나의생애(生涯)는움직일수없네이왕국(王國)의거미는보이지않고하릴없
이거미줄에뿌리를내리고내머리는기묘(奇妙)한꽃으로피어보지만향(香)과
꿀이없다네

—〈장자시(莊子詩)〉 그 스물아홉

《장자시》의 시들 중에서도 〈풍어제(豊漁祭) 그 열〉은 특히 자주 읽은 시
가운데 하나이다. 나는 시의 의미를 묻지 않고 그냥 리듬과 어감만으로 읽
기를 좋아한다. 그러면서도 그 리듬 속에서 가슴으로 스며드는 파장(波長)
이 있는 시를 좋아한다. 나에게 있어 이 시는 그와 같은 시이다. 시집의 여
느 시들과 마찬가지로 이 시 또한 시인의 상상 속의 시어(詩語)들이라고
생각한다. 실제로 누구 좋아하는 사람의 뼈를 태우며 그 체험을 쓴 시 같
지는 않기 때문이다. 연기가 가득 차고, 덜 타고, 불 붙이고, 불꽃 다음의
불꽃을 기다리고, 무언지 열정적이면서도 목숨을 걸고 다투는 절박함이

있고 생애의 끝까지 기다림을 말하는 비장함도 있다. "기다리겠다 내 기다림의 끝……"에 이르면 슬픈 결의(決意)를 만나는 느낌이다.

오래 혹은 아주 간절한 기다림 속에 있을 때, 알게 된다. 기다림은 희망이 이루어지거나, 희망을 잃는 것과는 무관한 일임을. 기다림의 생애는 기다림 자체 속에 있음을. 기다림을 버텨내는 의지와 그리움은 기대와 체념의 치열한 갈등 속에서, 턱없이 부풀어오르는 용기와 절망 속에서 제 살을 빚으며 생을 살아간다. 그 기다림 끝에 그대를 만난다 한들 거기에 그대가 있지 아니하고, 만나지 못한다 한들 그대가 사라지지 않는다. 생은 다만 기다림의 연속일 뿐이다.

기다림의 생을 살면서 조만간 이 시에서의 마지막처럼 지나간 다음의 불꽃을 말할 수 있다면 왠지 행복한 인생일 것 같다.

기다림 속에서 각고의 노력 끝에 피워낸 당당한 혼자의 불꽃을 치켜드는 듯하기 때문이다. 그리고 그것은 기다림으로서의 생이 기다림 속의 고통과 슬픔을 극복하고 열반의 경지에 이른 것같이 느껴진다. 그러나 요즘에 와서는 살수록 기다림에 지쳐 기다림의 생을 잊은 채 망연히 있고 싶어지니, 이 시를 꺼내 읽는 일이 자꾸 덧없고 서럽게 느껴진다.

강영훈

정몽주·이 몸이 죽고 죽어 외

[자연과 인간과 조화 속에 유유자적하는 지혜]

시조는 나의 학생 시절 격려고무에
청량제(淸凉劑)가 되었고, 장년(壯年) 시절에는
사회 비판의 척도가 되는가 하면
자기 성찰의 계명(誡命)이 되기도 했다.

1922년 평북 창성에서 태어나 만주(滿洲) 건국대 수료, 미국 뉴멕시코대 대학원 수료, 미국 남가주대에서 정치학 박사 학위를 받았다. 국방부 비서실장, 워싱턴 한국문제연구소장, 한국외국어대 대학원장, 로마교황청 대사, 국회올림픽특 위원장, 국무총리, 대한적십자사 총재를 역임했고, 1996년부터 현재까지 유엔환경계획 한국위원장으로 활동중이다. 저서로 《한 외교관의 영국이야기》《소련억제이론》《한국통일문제》《도산안창호전집》이 있다.

정몽주(鄭夢周)

이 몸이 죽고 죽어 일백 번 고쳐 죽어

백골이 진토되어 넋이라도 있고 없고

님 향한 일편단심이야 가실 줄이 있으랴.

성삼문(成三問)

이 몸이 죽어 가서 무엇이 될꼬 하니

봉래산 제일봉에 낙락장송 되어 있어

백설이 만건곤 할 제 독야청청하리라.

이직(李稷)

가마귀 검다 하고 백로야 웃지 마라.

겉이 검은들 속조차 검을소냐?

아마도 겉 희고 속 검은 이는 너뿐인가 하노라.

이택(李澤)

감장새 작다 하고 대붕(大鵬)아 웃지 마라.

구만리 장천(九萬里長天)을 너도 날고 저도 난다

두어라 일반 비조(飛鳥)니 너와 나와 무엇이 다르랴.

성혼(成渾)

말없는 청산이요, 태없는 유수로다

값없는 청풍과 임자없는 명월이로다

이 중에 일없는 내 몸이 분별없이 늙으리라.

황진이(黃眞伊)

청산리(靑山裡) 벽계수(碧溪水)야 수이 감을 자랑마라.

일도창해(一到滄海)하면 돌아오기 어려우니

명월(明月)이 만공산(滿空山)하니 쉬어 간들 어떠리.

자연과 인간과 조화 속에 유유자적하는 지혜

나는 원래 음치로 노래를 부를 줄 모르기 때문에 친구들이 모일 때 노래를 부르는 여흥 시간이 되면 혹시 나보고 노래를 부르라고 할까 봐 마음을 졸이던 것이 보통이었다. 그러던 내가 처음으로 시조에 접한 것은 대학 시절이었다. 지금은 이미 타계했지만 대학동창 박중윤(朴重潤) 형이 읊은 시조를 들으면서 시조에 대한 관심을 가지게 되었다. 그렇다고 해서 정식으로 읊을 줄 아는 것이 아니라 그저 가사 내용 중에 마음에 드는 것을 가까이 했을 뿐이었다.

나의 평생을 통하여 시조에 대한 관심은 세 단계로 나눌 수 있다. 즉, 청년 시절과 30대 후반기부터 70대 전반기까지 현실 활동 시기, 그 후 유유자적 말년기로 구분할 수 있을 것이다.

학생·청년 시절 처음 시조를 접할 때는 일제하 억압된 민족의 일원으로서 자연히 민족주의적 감정이 모든 사고의 저변을 이루고 있던 시대였다. 배달 민족의 청년이었던 나는 어떤 사람이 되어야 하며 민족을 위해 무엇을 해야 하는가 하는 마음에서 좋아하던 시조 중에 다음 두 편을 들고 싶다. 그 한 편은 고려 말 문신 학자였던 포은(圃隱) 정몽주(鄭夢周)의 애국 충군 일편단심을 읊은 시조이다.

또 한 편은 조선조 세종(世宗) 때 문신으로 훈민정음(訓民正音)을 창제하는 데 큰 공을 세우고, 세조(世祖) 즉위 후 단종(端宗) 복위 운동에 참여하다 극형을 받으면서 자기 소신을 굽히지 않은 매죽헌(梅竹憲) 성삼문(成三問)의 독야청청(獨也靑靑)을 맹세하는 시조였다.

두 말할 것도 없이 포은이나 매죽헌 두 충신과 같이 국가와 민족을 위해 신념을 가지고 민족 제단에 희생이 될 수 있는 자기 자신의 자질을 생각해 본 일이 있을 수도 없는 일이었지만 그 정신만은 자기 자신 수양의 도표로 삼아야 된다고 생각하면서 청년 시절 혼자서 잘 중얼거리던 시조였다.

학생 시절을 지나 조국 현실에 참여하면서 민족 사회 지도층을 접할 때, 만족하고 희망의 가슴에 부풀어오르는 것보다 오히려 불만과 실의에 사로잡히게 되는 나의 마음을 어루만져 준 시조 두 편을 들어본다. 그 하나는 고려 말 문신으로 조선조 세종(世宗) 때 영의정 벼슬에 올랐던 이직(李稷)의 시조와 또 하나는 조선조 명종(明宗) 때의 문신 이택(李澤)의 시조였다.

이상 두 편의 시조를 읽으면서 500년 전 우리 조상들이 살던 그 시대 현실이 어찌 그렇게 오늘의 사회상과 한치도 다름이 없을까 하고 나는 생각하면서 현실에 대한 나의 불만이 위로라도 되는 양 이상 말한 시조를 중얼거리며 살아왔다.

그러나 과연 내 자신은 어떠한가. 독선에 빠져 자기는 "창파에 조이 씻는 몸 더럽힐까" 오만불손하지 않았던가 반성하게 될 때 엉뚱하게도 독선 거만이야말로 우리 민족 혈관 속에 역사를 통해 흐르는 문화 성격 본질로서 500년 전이나 500년 후나 절대 불변 요인인가를 생각하면서 우울한 마음을 억제하기 어려웠다.

그러나 독선과 오만불손한 성격이 우리 민족의 독특한 혈통 또는 민족 고유 문화의 특성이 아님을 생각하게 된 것이 우리 민족 사회의 산업화 민주화 과정을 겪으면서부터라 할 것이다. 두 말할 것 없이 아직도 우리 민족 사회에는 독선, 배타, 흑백논리가 횡행(橫行)하고 있는 것이 사실이지만, 점차 사회 다원화 과정 속에 개성의 성숙도와 사회 공동체에 대한 국민들의 책임감이 높아져 감에 따라 더불어 살며 서로 돕는 생활 태도의 씨앗이 시민들 심정 속에 자라나는 것을 보면서 이미 한평생 말년기에 접어든 나를 위로하듯이 보이는 시조들 중 두 편을 여기에 적어본다. 그 하나는 조선조 선조(宣祖) 때 학자 성혼(成渾)의 시조요, 또 하나는 조선조 명종(明宗) 때 명기(名妓) 황진이(黃眞伊)의 시조다.

이 두 편의 시조는 나에게 많은 것을 생각하게 해주었다. 우리는 3, 40년이라는 세월 동안 전통 농업사회에서 산업혁명을 일으키고, 민주화 과정을 통하여 물질적으로 풍요로운 사회를 만드는 데 성공하였다고 말할 수 있을 것이다. 그러나 과연 우리는 행복한가 자문하지 않을 수 없다. 18세기 영국에서부터 시작된 산업혁명은 자연을 정복한다는 구호 아래 전세계로 확산되면서 더 이상 참을 수 없다는 듯한 자연계의 도전에 전 인류가 당면하게 되었다. 기후 온난화, 생태계의 멸종 현상 등은 인류 생존 문제와 집결되는 문제가 아닐 수 없다. 과학 기술의 혁명적인 발달이 어디로

가는 줄도 모르는 길을 빨리 빨리 더 빨리식의 무한 경쟁으로 인류를 몰아
갈 때 우리 사회에서 자라나는 건전하고 어진 개성의 발달이 자연과의 조
화 속에 비로소 가능함을 깨달으며 물질만능주의 풍조 속, 쾌락 추구 속에
만 행복이 있다는 환상에 빠지지 말기를 바라는 마음 간절하다.

　회고하건대 시조에 관한 극히 제한된 지식과 모든 것이 미숙한 한평생
에서 시조는 나의 학생 시절 격려고무에 청량제(淸涼劑)가 되었고, 장년(壯
年) 시절에는 사회 비판의 척도가 되는가 하면 자기 성찰의 계명(誡命)이
되기도 했다. 말년에 이르러 인간과 대자연과의 조화 속에 유유자적하는
지혜를 바라면서 일종의 체념 속에 하나님의 섭리를 생각하지 않을 수 없
다. 아무튼 시조는 나의 일생을 통하여 그 시대 시대에 있어서 평생 반려
(伴侶)였다 할 것이다.

곽배희

향수 · 정지용

[아프도록 선명하게 떠오르는 고향의 모습]

지용의 시 〈향수〉는 이제는 되돌아갈 수 없는
시절 어린 시절 그때 그곳으로 나를 데려다준다.
세월을 거슬러 고향집 뒤뜰의 달빛 가득한 밤,
평상에서 노래 부르던 아이가 되어 있는 것이다.

1946년 전남 운봉에서 태어나 이화여대 법학과 졸업, 동 대학원 사회학과 대학원 수료, 동 대학원에서 박사학위를 받았다. 1973년 한국가정법률상담소 상담위원으로 활동하다 현재는 소장으로 재직중이다. 저서로 《남편은 적인가 동지인가》가 있다.

향수

정지용

넓은 벌 동쪽 끝으로
옛이야기 지즐대는 실개천이
휘돌아 나가고,
얼룩백이 황소가
해설피 금빛 게으른 울음을 우는 곳,

—그곳이 참하 꿈엔들 잊힐리야.

질화로에 재가 식어지면
비인 밭에 밤바람 소리 말을 달리고,
엷은 졸음에 겨운 늙으신 아버지가
짚베개를 돋아 고이시는 곳,

—그곳이 참하 꿈엔들 잊힐리야.

흙에서 자란 내 마음

파아란 하늘빛이 그리워

함부로 쏜 화살을 찾으러

풀섶 이슬에 함추름 휘적시던 곳,

─그곳이 참하 꿈엔들 잊힐리야.

전설 바다에 춤추는 밤물결 같은

검은 귀밑머리 날리는 어린 누이와

아무렇지도 않고 예쁠 것도 없는

사철 발벗은 아내가

따가운 햇살을 등에 지고 이삭 줍던 곳.

─그곳이 참하 꿈엔들 잊힐리야.

하늘에는 석금 별

알 수도 없는 모래성으로 발을 옮기고,

서리 까마귀 우지짖고 지나가는 초라한 지붕

흐릿한 불빛에 돌아앉아 도란도란거리는 곳,

─그곳이 참하 꿈엔들 잊힐리야.

아프도록 선명하게 떠오르는 고향의 모습

요즘 아이들은 자기 고향을 '○○병원'이라 이야기한다고 들은 적이 있다. 웃고 말았지만 웃음의 뒤끝은 씁쓸하기만 했다. 산업화의 풍요를 얻기 위해 치른 대가일까. 아이들뿐인가. 우리는 모두 돌아갈 곳을 잃어버렸다. 그나마 내게 다행스러운 것은 아직도 마음 깊이 간직한 기억은 여전하다는 사실이다. 고향은 곧 어린 시절이다. 아직 젊디젊은 부모님이 계시고, 함께 놀면서 공부나 놀이를 가르쳐주던 형제들이 어린 모습 그대로 남아 있다. 뒷산으로 들녘으로 쏘다니다가 해질 녘 밥 짓는 연기를 보며 집으로 돌아가던 기억. 여름 밤 평상에 누워 올려다본 하늘에서는 별들이 쏟아져 내릴 것 같았다. 그리고 무슨 얘기인가 형제들끼리 두런두런 대던 그 많은 이야기들이며 노랫가락들. 결코 돌아갈 수 없는 시간과 기억에 대한 안타까움이 때로 마음을 아프게 하지만, 이런 순간들이 있었기에 바로 오늘을 살아갈 수 있다는 생각을 해본다.

'고향'이라는 말이 주는 독특한 울림이 있다. 낮고, 작고, 따스하고, 정겨운 그 무엇. 안온하고 평화롭고 충만한 그 무엇. 내게 그것이 있어 다행스럽고 한편으로 우리 아이들에게 그것을 빼앗은 듯해서 안타까울 때가 많다.

넓은 벌 동쪽 끝으로

옛이야기 지즐대며 실개천이

휘돌아 나가고, 얼룩백이 황소가

해설피 금빛 게으른 울음을 우는 곳,

　초등학교 때 이 시를 처음 들었던 것으로 기억한다. 위로 형제들이 많아서 정기적으로 배달되어 오는 잡지들이 많았고, 무슨 뜻인지도 잘 모르면서 그런 책들을 읽었다. 그러던 어느 날이었을 것이다. 누군가 '지용' 이라는 이름을 이야기했고, 바로 이 시를 읽어주었다.

　지용의 이 시가 어린 마음에도 간절히 다가왔던 것은 그 시가 그려내고 있는 풍경이 바로 내 고향 마을의 전경 그대로였기 때문이었을 것이다.

　전라남도 운봉이 그곳이다. 지금도 이 시를 읽을 때면 바로 내 고향의 모습과 어린 시절이 그대로 떠올라서 마음 한구석이 싸해진다. 잔물결이 이는 것 같다. 어릴 때 살던 집, 그 오래된 집에서 느껴지던 안온하고 평화로운 분위기, 누가 공들여 가꾸지 않아도 채송화며 봉숭아, 메꽃들이 철따라 지천으로 피어나던 뜨락, 아침이면 반찬을 하기 위해 밤새 내린 이슬로 치맛자락을 적시며 호박이며 가지들을 따던 텃밭, 문밖을 나서면 눈에 가득 차던 마을의 전경이 시의 전개에 따라 그대로 펼쳐진다.

　지리산 자락, 봄이면 바래봉 철쭉이 온 천지를 붉게 물들이는 곳. 지금은 남원시 운봉읍이 된 우리 고향의 기억이 마냥 평화롭고 따스하기만 한 것은 아니다. 한국전쟁을 겪으면서 지리산이 이른바 '산사람' 이라는 빨치

산의 근거지가 된 것에서 상징하듯 우리 고향 마을 또한 참혹한 전쟁의 한 가운데에 있었다. 오늘은 국군이며 경찰이 들어오고 다시 내일이면 인민군이 그 자리를 차지하는 살얼음판 같은 시절이 계속되었던 것이다. 그럼에도 고향은 여전히 그립고 따스한 그 무엇이다. 지금도 그렇지만 당시에는 더욱 그 전쟁의 의미를 이해할 수 없었다. 전쟁은 수많은 사람들과 많은 기억을 빼앗아갔고, 이념의 대립은 그로부터 1990년대까지 '지용'이라는 이름 두 글자를 모든 교과서에서 삭제하도록 했다. 그뿐인가, 지금도 내 머리와 입이 기억하는 아름다운 노래 〈부용산〉도 그렇게 빼앗겼었다.

  부용산 오릿길에 잔디만 푸르러 푸르러 솔밭 사이 사이로……

이렇게 시작되던 〈부용산〉 노래를 얼마나 좋아했었는지. 그런데 이념과 아무 관계없는 이 노래도 빨치산들이 즐겨 불렀다는 이유만으로 근 50년간 잊혀져 있었다.

우리가 잃어버리고 산 것들이 얼마나 많은가.

내게 고향이란 곧 어린 시절이다. 지용의 시 〈향수〉는 이제는 되돌아갈 수 없는 그 어린 시절 그때 그곳으로 나를 데려다준다. 세월을 거슬러 고향집 뒤뜰의 달빛 가득한 밤, 평상에서 노래 부르던 아이가 되어 있는 것이다. 나이가 들면서 때로 아름다운 추억이야말로 현실을 건강하게 살게 하는 힘이 된다는 것을 알게 되는 순간이 있다.

  ‘정지용’ 이라는 이름 대신 ‘정○○’ 로 대신했던 시절, 나는 그래도 이런 시를 쓴 사람이 공산주의자가 되어 스스로 북한으로 갔다는 것이 믿기 어려웠다. 그러나 시절은 엄혹해서 이 시인이 자신의 이름을 돌려받는 데 한 세대가 넘게 지나야 했다. 1990년대 여러 시인과 소설가들이 복권되고 정지용 시인의 시집이 나왔을 때, 잃어버렸던 고향을 찾은 것만큼 반가웠던 기억이 난다. 그 후 이 시, 〈향수〉는 성악가와 대중가수가 함께 노래를 불러 많은 이들에게 감동을 주었다. 요즘에도 ‘무명산악회’ 같은 모임의 뒤풀이 자리에서 사람들이 종종 이 노래를 부를 때면 마음이 따스해진다. 노래도 좋지만 그래도 역시 나는 조용히 혼자 이 시의 구절을 떠올리거나 나지막이 시를 읽어내리는 순간이 더욱 좋다. 그럴 때면 이제는 돌아갈 수 없는 시절, 그래서 더 아름답고 애틋한 내 어린 시절과 사람들 그때 고향 마을의 전경이 마음 아프도록 선명하게 떠오르기 때문이다.

  …… 그곳이 참하 꿈엔들 잊힐리야.

  시인이 노래한 것처럼 모든 이들에게 고향이란 바로 이런 것이다.

권 석 철

유치환 · 깃발

[언젠가 향수가 될 이상을 꿈꾸며]

시문학에 대한 조예가 깊지 못한 내가 애송시로
이 시를 꼽은 이유는 이 시에 이상(理想)의
본향(本鄕)에 대한 동경과 낭만이 묻어 있기 때문이다.

1970년 서울에서 태어나 인하공전 전산과를 졸업했다. 한국전산원 바이러스 방지 기술연구원, 1999년 세계 최초 CIH 바이러스(체르노빌 바이러스) 백신 '바이로봇'을 개발했고 현재 (주)하우리 대표이사, 에이바(AVAR), 와일드 리스트(The Wild List Organization) 등 해외 기관에서 이사 및 리포터로 활동중이다. 저서로 《컴퓨터 바이러스 예방과 치료》《컴퓨터 바이러스 완전 소탕》 등이 있다.

깃발

유치환

이것은 소리 없는 아우성
저 푸른 해원(海原)을 향하여 흔드는
영원한 노스탤지어의 손수건.
순정은 물결같이 바람에 나부끼고
오로지 맑고 곧은 이념의 푯대 끝에
애수(哀愁)는 백로처럼 날개를 펴다.
아! 누구인가?
이렇게 슬프고도 애달픈 마음을
맨 처음 공중에 달 줄 안 그는.

언젠가 향수가 될 이상을 꿈꾸며

IT 업계에 몸담고 있는 나는 소위 '공돌이' 출신이다. 학창 시절부터 지금까지 내 사고의 가장 큰 부분을 차지했던 진지한 화두는 언제나 컴퓨터 프로그래밍이었다. 물론 지금은 개발 업무에서 물러나 경영인으로서의 길을 가고 있지만, 그래도 나의 눈과 귀 그리고 모든 촉각은 늘 컴퓨터상에서 벌어지는 것에서 한시도 멀어지지 않았다.

전형적인 공돌이답게, 어학이나 문학과는 그리 친하지 못했다. 더구나 내가 하는 일이 컴퓨터 바이러스, 바이러스 백신, 사이버 범죄 등 컴퓨터와 인터넷 같은 무형의 사이버 공간에서 발생하는 일과 관련된 만큼, 세상 사람들이 보기에는 참으로 딱딱하고 정나미 없는 삶을 살아가는 것처럼 보일지도 모르겠다.

밤낮으로 컴퓨터만 끌어안고 있던 20대의 나에게도 사실 조그마한 낭만이 있었다. 쑥스러운 이야기이지만, 나는 컴퓨터 바이러스라는 눈에 보이지 않는 존재로 인해 많은 꿈을 꿀 수 있었다. 처음 이 일을 시작하게 된 동기는 물론 개인적인 호기심과 흥미에서 비롯되었다. 그렇게 시작한 것이 점차로 자존심 싸움과 같은 오기로 번지기 시작했다. 나를 비롯해 수많은 PC 사용자들을 이토록 골탕 먹이는 컴퓨터 바이러스라는 역기능적인 인재(人災)를 만들어낸 바이러스 제작자와의 대결이랄까. 두 사람간의 보이지 않는 두뇌 싸움 같은 것이다.

계속되는 싸움에서 이기고 있다는 느낌이 들 때면 밤을 새워 바이러스와 씨름한 보람을 느꼈다. 뿌듯한 희열도 맛보았다. 컴퓨터 바이러스로 인해 PC가 손상되어 어려움을 겪는 사람들에게 내가 제작한 백신이 절대적으로 필요하다는 사실이 힘이 되었다. 내가 밤을 꼬박 새워 개발한 백신 덕분에 중요한 프로젝트가 들어 있는 하드 디스크를 구할 수 있었다는 내용의 감사편지를 받을 때면 가슴이 뿌듯해지는 것을 느낄 수 있었다.

이러한 일을 하는 과정에서 나는 때론 어린 시절에 읽었던 만화책 속의 주인공이라도 된 듯 공상을 펼치기도 했다. 지구의 평화를 지키기 위해 악의 세력과 싸우는 만화 주인공처럼 때때로 나 자신이 컴퓨터 사용 환경을 위협하여 사이버전이나 테러를 일으키려 하는 검은 무리들로부터 사이버 환경을 수구하는 평화유지군처럼 느껴지기도 했고, 국가간 정보전의 무기로 악용되는 컴퓨터 바이러스나 해킹 기술로부터 우리나라의 정보 시스템을 지켜내는 국가적 임무를 수행하고 있다는 생각도 들었다.

이러한 사명감은 단순히 물질적 보상이 목적이 아닌, 일 자체로서의 만족감이라는 낭만적인 성취감을 나에게 안겨다주곤 했다. 내가 담당하고 있는 일이 극소수만이 할 수 있는 국가 차원의 중차대한 업무이며, 이러한 일을 하고 있는 스스로가 애국자처럼 느껴지기도 했다. 다소 유치할 수도 있는 감정이었건만, 그런 뿌듯함이 내가 일하는 원동력이 되어주곤 했다.

그러나 기업을 운영하면서부터 이야기가 조금씩 달라지기 시작했다. 세상의 주목을 받게 되고, 기업으로서의 이익을 발생해야 하는 부담감이 밀려오기 시작했다. 개인적으로 공개 백신을 제작하여 통신에 올리고, 재미로 백신을 만들 때와는 달랐다. 내가 좋아서 시작한 일이었으나 생업이 되고 나서부터는 기업가로서의 책임감과 사회적인 책임이 부가된 것이다.

내가 꿈꾸었던 낭만적인 성취감도 보다 구체적이고 실질적이고 현실화된 모습으로 다가오고 있었다. 실제로 정보 보호 기술은 국가의 정보력과 긴밀하게 연관되어 있다. 이러한 환경에서 내가 경영하고 있는 컴퓨터 바이러스 백신 업체는 인터넷을 경유한 중요 정보 기반구조에 대한 컴퓨터 바이러스 공격과 관련된 정보전 대응방법을 연구, 개발하고 새로운 바이러스 공격 동향을 사전 예측해 경보할 수 있도록 국가 기관들과 협력하고 있다.

나 또한 다른 사람들과 마찬가지로 늘 이상을 꿈꾸며 살았다. 그리고 일과 관련된 낭만적인 꿈들이 늘 마음속에서 일었다.

유치환 시인의 〈깃발〉은 1936년에 발표된 시이다. 시문학에 대한 조예가 깊지 못한 내가 애송시로 이 시를 꼽은 이유는 이 시에 이상(理想)의 본향(本鄕)에 대한 동경과 낭만이 묻어 있기 때문이다. 자신이 꿈꾸는, 그러나 다가가기 힘든 이상을 향한 인간의 영원한 향수, 그 노스탤지어는 누구나 마찬가지로 가슴속에 깊이 꽂아놓은 깃발 같은 것인가 보다.

이상은 보통 '현실'에 대치된다. 이상과 현실과의 괴리를 느끼기 때문에 오히려 이상을 찾는 것이 아닐까. 현실 그대로의 모습으로는 존재하지 않을지도 모르는 이상을 추구하는 것은 인간만이 할 수 있는 일이며, 이러한 이상 추구로 인해 개인이 발전하고, 또 넓은 뜻에서 본다면 인간 문화 발전의 원동력이라 할 수 있다.

나는 꿈을 가진 사람만이 발전할 수 있다는 말을 참 좋아한다. 사람은 스스로가 구상한 비현실적인 이상에 따라서 스스로의 행동을 규제하기도 하고 또한 창조해 나가기도 한다. 자신의 꿈을 이루게도, 혹은 그렇게 꿈을 현실로 이룸에 따라 또 다른 이상과는 멀어지게 만들기도 하는 원동력을 소중하게 생각한다. 내가 경영인이 되기 전에 가졌던 순수했던 열정과 공돌이의 낭만, 그에 대한 영원한 노스탤지어—그때의 이상을 나는 또한 그리워한다. 이제는 그때의 꿈이 이루어지기도 했고, 혹은 현실화되어 버린 이상의 자취로 인해 아쉬움 가득한 마음도 있다.

그러나 나는 또 다른 이상을 꿈꾼다. 다시 세월이 흐르고 나면, 향수로 남을 이상을 그리며 또 오늘을 살아갈 원동력을 삼는다. 저 푸른 해원(海原)을 향하여 흔드는 노스탤지어의 손수건은 영원하니까……

권영길

정지용 · 고향

[시를 통해 스미는 고향 산천]

나는 정지용의 〈고향〉을 통해 내 고향과 만난다.
생활의 파편들로만 꽉 채워져 있던 내 머릿속에
고향 산천이 스며들게 만든 정지용의 〈고향〉을
만난 건 파리 특파원 시절이다.

1942년 경남 산청에서 태어나 서울대 농대를 졸업했다. 《서울신문》 기자, 《서울신문》 파리 특파원, 전국언론노동조합
1, 2, 3대 위원장, 우리농업지키기 국민운동본부 대표, 5·18학살자처벌 특별법대책위 대표, 겨레사랑 북녘동포돕기
범국민운동본부 대표, IMF 반대 및 고용안정쟁취를 위한 범국민운동본부 공동대표를 역임했고, 현재 민주노동당 대
표로 활동중이며 16대 대통령 후보로 출마했다.

고향

정지용

고향에 고향에 돌아와도
그리던 고향은 아니러뇨.
산꿩이 알을 품고
뻐꾸기 제철에 울건만,
마음은 제 고향 지니지 않고
머언 항구로 떠도는 구름.
오늘도 뫼끝에 홀로 오르니
흰 점꽃이 인정스레 웃고,
어린 시절에 불던 풀피리 소리 아니 나고
메마른 입술에 쓰디쓰다.
고향에 고향에 돌아와도
그리던 하늘만이 높푸르구나.

시를 통해 스미는 고향 산천

나이 60에 이른 오늘까지, 내 살아왔던 곳을 훑어보면 '역마살이 낀 인생'이라는 말이 딱 들어맞을 만큼 많이도 옮겨다녔다.

태어난 곳은 일본. 해방이 되어 다섯 살 때 지리산 자락 '고향' 경남 산청으로 돌아왔다. 전쟁이 터지고 사람들은 흩어졌다. 나는 내 작은아버님 손에 끌려 작은아버님이 계시던 부산으로 어린 시절 삶터를 옮겼다. 고등학교를 졸업하고 서울대학교 농과대학에 진학, 학교가 있는 수원에 둥지를 틀면서 10년간의 부산 생활을 마감했다.

재학중 군입대와 복학 후 서울에서 수원으로 통학하게 되면서 수원 생활은 2년여 만에 청산. 취업과 함께한 서울살이는 1년의 유학과 7년의 특파원 근무로 이어졌다. 계산을 해보니 8년의 파리 생활은 지금까지의 내 인생 활동기의 4분의 1에 해당하는 긴 세월이다. 2년 전부터는 주소지를 창원으로 옮겨 서울, 창원을 오르락내리락하고 있으니 정말 '역마살 인생'이 내 팔자인 모양이다.

그래서 나는 내 생을 마감할 마지막 정착지가 어디일까, 하고 자주 생각해 본다. 아니, 어디를 마지막 삶터로 정해 거기서 내 생을 정리할까를 궁리중이다.

고향이란 무엇인가. 각자의 고향은 어느 곳인가.

태어난 곳이 고향인가. 그렇다면 나의 고향은 출생지인 일본이란 말인가. 아니지 않은가. 사람들에게 나는 일본에서 태어났으니 일본이 내 고향이라고 말하면 웃기는 이야기라고 할 게다.

그러면 본적지인가.

서울에서 태어나, 서울이 아니더라도 본적지가 아닌 다른 곳에서 태어나 본적지엔 한 번도 가보지 않은 사람이 인구의 반을 넘지 않을까…….

한 번도 가보지 않은 본적지, 본적지의 산천이 어떻게 생겼는지 그림조차 그릴 수 없는 그곳이 고향이란 말인가.

〈고향〉은 산과 들판, 냇물이 흐르는 농촌 모습을 떠오르게 한다. 태어나서 붙박이로 산 곳이라고 해서 도시의 아스팔트를 고향 땅이라고 말하는 사람이 있을까.

산과 냇물이 어우러진 곳을 고향으로 두고 있는 사람은 복 받은 사람이 아닐지…….

나는 "내 고향은 산청이라"고 망설임 없이 말한다.

'산 좋고 물 맑은 곳' 이라고 해서 산청이라 부르는 곳, 내 유년 시절 헤매고 다니던 지리산 자락을 자주 자주 내 머릿속에 떠올린다.

나는 정지용의 〈고향〉을 통해 내 고향과 만난다.

생활의 파편들로만 꽉 채워져 있던 내 머릿속에 고향 산천이 스며들게 만든 정지용의 〈고향〉을 만난 건 파리 특파원 시절이다.

로버트 프로스트 · 가지 못한 길

[마음속에 있는 길]

아주 오래전에 작별한 것으로 생각했던
영문학, 시, 로버트 프로스트는 내 마음속 깊은 곳에
'가지 못한 길'로 아직도 남아 있다.
세월이 또 흐르고 흘러 먼 훗날이 되어도 그럴 것이다.

1953년 대구에서 태어나 서울대 법대 졸업, 동 대학원을 수료했다. 제20회 사법고시에 합격, 사법연수원 10기 수료, 서울지검 검사, 대검찰청 검찰연구관, 사법연수원 교수, 서울지검 부장 검사 및 통영지청장을 역임했고, 현재 서울지검 북부지청 차장 검사로 재직중이다. 저서로는 《형사소송법 사례연구》가 있다.

가지 못한 길

로버트 프로스트

단풍 든 숲 속에 두 갈래 길이 있더군요.
몸이 하나니 두 길을 다 가볼 수는 없어
나는 서운한 마음으로 한참 서서
잣나무 숲 속으로 접어든 한쪽 길을
끝간 데까지 바라보았습니다.

그러다가 또 하나의 길을 택했습니다.
먼저 길과 똑같이 아름답고,
아마 더 나은 듯도 했지요.
풀이 더 무성하고 사람을 부르는 듯했으니까요.
사람이 밟은 흔적은
먼저 길과 비슷하기는 했지만,

서리 내린 낙엽 위에는 아무 발자국이 없고
두 길은 그날 아침 똑같이 놓여 있었습니다.
아, 먼저 길은 다른 날 걸어보리라! 생각했지요
인생 길이 한번 가면 어떤지 알고 있으니
다시 보기 어려우리라 여기면서도.

오랜 세월이 흐른 다음
나는 한숨 지으며 이야기하겠지요.
〈두 갈래 길이 숲 속으로 나 있었다고,
그래서 나는 사람이 덜 밟은 길을 택했다고.
그것이 내 운명을 바꾸어놓았다고.

마음속에 있는 길

　내가 처음으로 운문이란 형식의 글을 알게 된 것은 초등학교 3학년 때의 일이다. 국어 교과서에 나오는 "할아버지 지고 가는/나무지게에/활짝 핀 진달래가/꽂혔습니다/어디서 날아왔는지/호랑나비 한 마리"라는 노랫말이 그것이다. 처음으로 간단한 시를 접하면서 나는 그것이 주는 간결한 함축성에 매료되었다.

　그 후 학년이 올라가고 상급 학교에 진학함에 따라 어린 나이지만 시와 시의 세계에 대해 어렴풋하게나마 이해와 관심을 가지게 되었다. 중·고교 시절, 나는 박목월 님과 조병화 님의 시를 좋아했다. 그러다가 고등학교에 다니던 어느 날, 처음으로 로버트 프로스트의 시를 만나게 되었는데 영시가 갖는, 우리 시와는 또 다른 감각과 표현을 느낄 수 있었다. 또한 그의 시가 내포한 서정성, 소박함, 명상적인 분위기가 마냥 좋았다.

　처음 읽은 시는 〈눈 오는 저녁 숲가에 서서〉라는 것이었고 그 다음으로 〈가지 못한 길〉을 읽었다. 그의 시를 만나면서 나는 도서관에서 며칠 동안 그의 여러 시들을 원문을 통해 읽었다. 그리고 나 나름대로 그의 시들을 번역하고 다듬고 하는 일도 했다. 그 과정을 통해 번역된 시에서는 미처 느끼지 못했던 영시가 지닌 운율과 정제된 언어가 내포한 멋과 맛 등을 나름대로 감상할 수가 있었다. 한 언어를 다른 언어로 옮기는 작업이 얼마나 어려운 일인가를 알게 된 것도 그때였다.

　　그 무렵 나는 존 스타인 벡의 소설도 즐겨 읽었는데 《분노의 포도처럼》
도 좋았지만 그의 여행기 《아메리카의 초상(In search of America)》은 그의
해학과 탁월한 세상을 읽는 눈이 흠뻑 담겨 있는 작품으로서 이를 통해 나
는 그의 팬이 되어버렸다. 나는 주저없이 나의 장래를 영문학자로 정했다.
내가 영문학을 전공하기로 마음먹은 데에는 같은 반 친구 배용균의 영향
도 컸다. 배용균은 나중에 〈달마가 동쪽으로 간 까닭은〉이라는 영화로 유
명해진 영화감독이다. 그는 고교 때 이미 문학, 음악, 미술 등 예술 분야에
상당한 식견과 재능을 보였었고, 특히 영화에 관한 그의 열정과 지식은 사
춘기의 나를 사로잡았다.

　　그는 고등학교 재학 시절 윌리엄 와일러 감독의 〈콜렉터〉라는 영화를
마흔일곱 번이나 본 적이 있으며, 〈아서 펜의 기적은 사랑과 함께를 보고〉
라는 영화평론을 써서 우리를 놀라게 하였다. 그와 어울리면서 나는 '예술
가의 창조적인 삶' 이야말로 내가 지향해야 할 인생의 목표라고 생각하게
되었다. 그러다가 진로와 전공을 바꾸게 되는 계기가 생겼다.

　　고교 졸업을 앞두고 진로 문제로 나는 시집간 누나와 이야기할 기회가
있었다. 내가 영문학과를 택한다고 했을 때 누나는 내게 충고했다. 영문학
도 충분히 전공으로 삼을 만한 학문이지만 영어를 모국어로 하는 영미 사

람들도 평생을 바쳐야 성공 여부가 결정되는 분야인데 과연 내게 영문학으로 성공할 만한 문학적 재능이 있는지 잘 생각해 보라고.

문학적 재능. 그 말이 나의 머리와 가슴을 동시에 쳤다. 그리고 그 말이 나의 진로를 바꾸어놓았다. 과연 내게 문학적 재능이 있는가. 나에게 있어 문학은 필연인가. 나는 내 자신에게 물어보았으나 대답은 부정 쪽에 가까웠다. 고등학교 졸업 무렵, 교지에 〈로버트 프로스트의 작품세계〉라는 평론 비슷한 글을 하나 쓰고 나서 나는 나의 재능 없음을 한탄하면서 시와, 영문학과, 로버트 프로스트와 아쉬운 작별을 하였다.

생각해 보면 우리네 삶은 매 순간 순간이 선택의 연장선상에 있는 것이 아닌가 한다. 전공의 선택이 그렇고 직업의 선택이나 심지어는 배우자의 선택도 갈림길에 놓여 있는 것이 아닐까. 나는 선택을 하게 된 과정이나 결과도 어느 정도 운명에 정해진 부분이라고 생각한다. 그런 의미에서 나는 운명을 얼마간은 믿는 축에 속한다. 인생에 있어 한 번뿐인 운명적 선택이라는 것은 그 일회성으로 인해 인생을 더 아름답고 치열하게 만드는 것이 아닐까.

결국 영문학은 내 인생에 있어 '갈 수 없는 길' 이 되어버렸다. 법률가의 삶을 택한 지 30년이 가까운 지금, 돌이켜 생각해 보면 보람도 컸고 후회나 미련은 남지 않는다. 그렇지만 문득 문득 시와 소설 등 문학을 가끔 스치듯 만나게 될라치면 사춘기 시절의 꿈과 추억이 아스라한 향수처럼, 첫사랑에 대한 그리움인 양 내 마음속에 피어오르는 것을 지금도 느낀다.

문학이나 법률은 한쪽이 주로 세상의 아름다운 면을 노래하는 세계라면, 다른 쪽은 세상의 어두운 면에 연관을 가지는 세계이므로 극단적으로 다른 분야라고 생각할 수 있다. 그러나 문학과 법률은 어느 것이나 그 바탕 저변에는 인간과 우리네 삶에 대한 깊은 애정이 있어야 한다고 나는 믿고 있다. 아주 오래전에 작별한 것으로 생각했던 영문학, 시, 로버트 프로스트는 내 마음속 깊은 곳에 '가지 못한 길'로 아직도 남아 있다.

세월이 또 흐르고 흘러 먼 훗날이 되어도 그럴 것이다.

김경재

장지락 · 나의 조국 조선

[마지막 망명가(亡命家)의 꿈속에서]

그의 시에서는 스페인 투우사의 노래와
시인 정지용의 〈고향〉의 정경, 생명과 해방을 위해
몸을 던져 사막을 가로지르는 구도자의 모습이 겹치는,
아름답고도 슬프고 위대한 사나이의 모습을
절실하게 느낄 수 있다.

1942년 전남 여수에서 태어나 서울대 정치학과 졸업, 미국 펜실베이니아대학에서 5년간 수학했다. 1987년부터 1995년까지 김대중 총재 특별보좌역, 새정치국민회의 대선 홍보위원장을 역임했고, 현재 새천년민주당 연수원장, 재선 국회의원으로 활동중이다. 저서로 《3부작 김형욱 회고록》《자정을 사는 사람들》《쓰러지는 역사, 일어나는 역사》《축(軸), 새 역사의 푸른 신호등》 등이 있다.

나의 조국 조선

장지락

네거리 병사(兵舍)에서
영웅의 노랫소리 듣는다.

눈앞에 사랑스런 환상이 나타난다.

이 사랑스런 모습이 가물가물 내게 다가온다.

그것은 내가 자라던 조국
일본의 쇠굽 장화에 짓밟힌 조선,
조국 조국이여, 나의 조선이여
어렸을 적 나는 네 품에 있었다.

송림과 시골마당, 아름다운 실개천,

철 모르며 행복했던 곳,

그러나 나 지금 너로부터 일만 리나 떨어져,

황해의 이 연변에서 지금

낯선 나라와 사람들의 땅에 있네.

나라 없는 사람의 부끄러운 노비 얼굴로

십 년이 흘렀구나.

그러나 나 여기 남의 나라에 있음은

너의 독립과 자유를 위함이고,

너의 사랑스런 백의민족을 위함이며

생명과 해방을 위함이다.

마지막 망명가(亡命家)의 꿈속에서

　지금부터 딱 30년 전인 1972년 나는 밀려나듯 고국을 떠났다. 유신이 발표되기 직전이었기에 민심은 흉흉했고 정부는 온갖 사정 기관을 동원하여 반대자들에게 사정없는 감시의 눈을 번뜩이고 있었다.

　나는 시도 때도 없이 동대문 경찰서, 남산 안기부, 동빙고동의 보안사령부를 차례로 불려가 구타당하고 고문당하는 등 고난을 겪고 있었고, 아무도 나를 위해 항변해 주거나 구원의 눈길을 보내주지도 않았기 때문에 이 고국에 정나미가 떨어져 있었다. 다시는 돌아오지 않겠다고 다짐하면서 서울을 떠났다.

　나는 어렵사리 시험을 봐서 얻은 '에큐메니컬 스칼라 십'의 강제규정 때문에 미국 버지니아 주 어느 신학교에서 1년간 그리스어, 라틴어 등 골치 아픈 어학 공부에 곁들여 신학을 연구했다. 1년 후, 내가 정작 목사가 되기 위한 공부를 1년 더 해야 하는가를 결심할 즈음, 나는 이미 목사 되기를 단념하고 있었다. 하도 미국엘 가기가 어려웠던 때라 '에큐메니컬' 장학 시험 정도가 아니고는 감히 엄두도 내지 못했는데, 그해따라 그 장학생 선발요령에 전에 없었던 조건, 즉 1년간은 반드시 신학교에서 연구해야 한다는 강제 의무 조건이 추가되었다.

　나는 그 조건을 받아들였다. 어떻게 하든 미국에 가기 위한 수단만이 아니라, 어차피 나의 전공인 정치학이란 게 군사 독재 앞에서는 무력한 노예

적 아첨꾼이 되거나 아니면 반체제적 수난을 감수해야 할 입장이었던 만큼 차라리 목사나 돼버릴까 하는 생각을 품고 있었기 때문이었다.

내가 다니던 그 버지니아신학교는 워싱턴의 포토맥 강 건너에 위치해 있었는데, 교파는 에피스코팔(미국 성공회)이었지만 대단히 자유주의적이었고 같은 교파 계통인 하버드신학교와는 쌍벽을 이루는 굴지의 신학교였다. 모든 것이 풍부하였고, 모든 것이 우아하게 격조가 넘쳤고, 특히 150년 역사에 내가 최초의 한국 유학생이라고 해서 교수나 학생들의 관심과 친절이 대단했다. 그러나 나는 그 모든 풍부함과 기대를 박찼다. 이유는 딱 하나, 목사가 될 자신이 없었다. 그래서 나는 보따리를 싸고 1973년 가을에 필라델피아로 떠났다. 펜실베이니아대학 입학 허가를 받아 대학원 등록을 하고 캠퍼스를 어슬렁거리고 다니며 도서관 광장 한가운데 앉아 있는 창설자 '벤자민 프랭클린' 의 익살맞은 동상도 보고, 먼 옛날 이승만 박사가 2년간 경제학을 공부했다던 '와튼 스쿨' 도 기웃거리고 하다가 우연히 '네이던 스터먼(Nathan Sturman)' 이라는 유태계 학생을 만나게 되었다.

우리나라 발음으로는 '나단' 이라고 부르는 게 더 편한 그 사나이는 대단히 비범한 역사학도였는데 한국에 평화봉사단으로 와서 영어 선생도 한 경험이 있고 하여 우리나라를 몹시 좋아했다. 바로 그가 나에게 장지락(張志樂)이라는 한 고독한 조선 혁명가의 일대기를 쓴 《아리랑의 노래(Song of Ariran)》를 소개해 주었다. 나는 펜실베이니아대학 캠퍼스에서 조선 혁

명가 장지락을 만나 5년간의 대학 생활을 그와 같이 했다고 해도 과언이
아니다. 역설적이지만, 미국 '아이비리그' 여덟 개 학교 중에서도 가장 보
수적이라는 펜실베이니아 캠퍼스에서 나는 가장 혁명적인 장지락(필명 김
산)의 고독과 신념을 접할 수 있었다. 그 후 '에드거 스노'의 아내였던 '님
웨일즈'와 김산의 공저인 《아리랑의 노래》는 나의 미국 망명 기간 단 한
번도 내 손과 가방을 떠난 적이 없는 일종의 생활 필수품이었다. 한때는
그 책의 영어 문장을 거의 줄줄 외울 지경이었다.

나는 15년 넘게 여권도 취소당한 채, 미국에서 망명가로 지낸 적이 있었
다. 10년 이상을 뉴욕에서 반정부 민주신문을 발행하고, 수도 없이 북미주
각지를 여행하며 모금운동을 펼치고, 워싱턴의 백악관이나 미 국회 앞에
서 수없이 데모를 하는 등 고독한 망명가의 생활을 마다하지 않았지만, 그
외로운 시절 나를 지켜준 것은 바로 《아리랑의 노래》의 주인공 장지락 선
생이었다. 그의 빛나는 정신, "나라 없는 사람의 부끄러운 노비 얼굴"을
지니고도 독립과 자유를 위하여, 영웅의 노래를 들으며, 사랑스런 환상인
조국을 그리던 장지락 선생의 빛나는 정신이 나의 좌표였다.
그가 없었던들 아마도 나는 지금쯤 미국의 어느 보잘것없는 대학에서
한국, 아니 동아시아를 강의하는 맥 빠진 동양인 교수로 은퇴를 기다리거
나 아니면 아예 속 편하게 무슨 세탁소 주인이 되어서 주말이면 카지노에
나 가 시간을 소비하는 소시민이 되어 있으리라.

15년 만에 귀국한 직후 나는 우연히도 한글판 《아리랑 2》를 서점에서 발견했고, 창수라는 필명을 쓴 그의 유일무이한 발표 시(詩) 〈나의 조국 조선〉을 접하게 되었다. 너무도 반갑고 감격스러웠으며 또 너무도 당연히 나의 애송시가 되었다. 그의 시에서는 스페인 투우사의 노래와 시인 정지용의 〈고향〉의 정경, 생명과 해방을 위해 몸을 던져 사막을 가로지르는 구도자의 모습이 겹치는, 아름답고도 슬프고 위대한 사나이의 모습을 절실하게 느낄 수 있다.

최근 장지락 선생의 《아리랑》이 영화화된다는 말을 들었다. 원작의 감동이 영화에서 얼마나 재현될까, 반가우면서도 걱정이 앞선다.

신경림·떠도는 자의 노래

[시와 노래 속에 하나 되고 싶은 소망]

〈떠도는 자의 노래〉를 들으면서 나는 눈물을 떨어뜨릴
뻔했다. 신경림 하면 아무래도 '농무' 라고 생각했다.
그 시에서 우리는 가난했지만 쾌활했고, 분노하며
일어섰다. 그래서 미래는 어둡지 않았다.

1947년 경기 부천에서 태어나 서울대 경제학과를 졸업했다. 제15,16대 국회의원에 당선되어 국회재정경제위원회 위
원, 한반도 평화와 경제발전전략연구재단 이사장으로 재임중이다. 저서로 《남영동》《우리 가는 이 길은》《열린 세상으로
통하는 가냘픈 통로에서》《희망의 근거》 등이 있다.

떠도는 자의 노래

신경림

외진 별정우체국에 무엇인가를 놓고 온 것 같다
어느 삭막한 간이역에 누군가를 버리고 온 것 같다
그래서 나는 문득 일어나 기차를 타고 가서는
눈이 펑펑 쏟아지는 좁은 골목을 서성이고
쓰레기들이 지저분하게 널린 저잣거리도 기웃댄다
놓고 온 것을 찾겠다고

아니, 이미 이 세상에 오기 전 저 세상 끝에
무엇인가를 나는 놓고 왔는지도 모른다
쓸쓸한 나룻가에 누군가를 버리고 왔는지도 모른다
저 세상에 가서도 다시 이 세상에
버리고 간 것을 찾겠다고 헤매고 다닐는지도 모른다

시와 노래 속에 하나 되고 싶은 소망

나는 요사이 시와 노래가 정말로 그립다. 때로는 목소리가 갈라지고, 마음이 팍팍해지는 걸 보면 그 정도가 보통이 아니다. 그런데 가만히 보면 나만 그런 게 아닌 듯하다. 오늘 우리 모두는 자신의 이해관계를 추구할 수밖에 없는 것 같다. 불가피하기도 하고, 또 그것을 인정하고 적응하는 게 최악을 피할 수 있는 것이기도 하다.

이런 세계화 시대에 이른바 신자유주의가 상당한 기간 동안 맹위를 떨칠 수밖에 없을 듯하다. 그러나 우리는 그냥 끌려갈 수 없다. 왜 그런 규칙을 요구하는지, 속뜻은 무엇인지 그리고 그 결과는 어떻게 되는 것인지 묻고, 또 되물어야 한다. 아니 이 나라에서는 도대체 규칙을 제대로 지키고나 있는지 눈 부릅뜨고 지켜보고, 따지고, 때론 거센 항의도 해야 한다.

그러나 이 모든 것을 잘해 낸다 해도 여전히 심각한 문제가 우리 한가운데 있다. 서로의 이해관계를 강력하게 추구하기 때문에 그런지, 수많은 만남이 매일 있지만, 우리는 서로에게 '타인'임을 새롭게 새롭게 확인하고 있는 중이다. 서로 말이 통하지 않고, 진정한 감정의 공유가 이뤄지고 있지 못하다. 답답함, 심지어는 단절감이 우리를 짓누르고 있는 중이다. 그래서 우리는 시가 간절하게 그립다.

우연이었다. 신경림의 시와 한영애의 노래가 함께하는 밤이 있다는 것을 알게 된 것은.

처음엔 약간 망설였다. 표 내고 사진 찍으려고 온 것이 아닐까 하는 차가운 시선들에 부딪칠까 봐 멈칫거렸다. 이제 나도 ‘정치인’이 된 지 8년이 되어서 때로 그런 계산을 하기도 하지만, 그런 뒤에는 피곤함이 몰려온다.

힘 안 들이고 하는 노랜데도, 가슴까지 다가오는 한영애의 노래는 편했다. 그러나 친숙해서 그런지 신경림의 시는 가슴 밑바닥까지 치고 들어왔다. 〈떠도는 자의 노래〉를 들으면서 나는 눈물을 떨어뜨릴 뻔했다. 신경림 하면 아무래도 ‘농무’라고 생각했다. 그 시에서 우리는 가난했지만 쾌활했고, 분노하며 일어섰다. 그래서 미래는 어둡지 않았다.

나는 ‘농무’와 더불어 〈떠도는 자의 노래〉를 지지한다.

그러나 이렇게 떠들어대도 〈떠도는 자의 노래〉를 암송하지는 못할 것이다. 그 분위기는 잘 느끼고 기억하고 있겠지만 말이다. 민주화도, 경제 발전도 어느 정도 이룩했는데, 그리하여 월드컵에서 4강까지 올라갔는데, 신경림은 왜 이렇게 허전해할까, 왜 우리는 이렇게 쓸쓸해할까.

신경림 시인과 나는 한번은 불온한 공범자였다. 유신독재가 한창일 때, 서울 농대생 김상진 군이 자결을 했다. 분노와 아픔이 넓게 넓게 퍼져나갔다. 그러나 그때는 정말 무서웠다. 잔인했고 혹독했다. 청년과 학생들만이 일어섰다.

선언문을 신경림 시인이 썼고, 그것을 청년들에게 전해 줬다. 그러나 그것은 비밀이었다. 그 후 우리는 가끔 은밀한 눈빛만을 교환했다. 우리의 가슴속에는 자부심과 공범의식이 뿌리를 내리고 있었다.

그때도 노래와 시가 우리를 일으켜 세웠다. 권위주의의 어둠이 깊었을 때, 우리는 타는 목마름으로 민주주의 만세를 불렀고, 〈그날이 오면〉을 떨리는 가슴으로 노래 불렀다. 죽음의 그림자가 우리의 주위를 서성거렸지만, 시와 노래 속에서 우리는 하나가 되었다. 우리는 무력했지만 어떤 만남들이 있었던 것이다. 그래서 일어설 수 있었던 것이다.

그러나 그때로 되돌아가자는 것은 결코 아니다. 아니 그럴 수도 없다. 다만 오늘 여기서 우리는 다시 새롭게 만날 수는 없는 것인가. 어떻게 하면 그것이 가능할까. 그것을 신경림의 〈떠도는 자의 노래〉에서 처절하게 나는 느끼고 싶은 것이다.

돌아가신 지 오래된 당대 최고 음유시인인 성래운 교수를 만나고 싶다. 그 분 못지않은 새로운 음유시인을 나는 기다리고 있다. 그 사람과 함께 버스를 타고 한반도 이 구석 저 구석을 다니고 싶다. 어둠이 짙게 깔렸던 그때, 성래운 선생님과 함께 그랬던 것처럼……

김 정 문

한용운·당신을 보았습니다

[눈물 속에서 갈망한 조국의 독립]

내가 어린 시절 양유(羊乳) 배달을 할 때 나에게 민족혼을
불어넣어 준 흰옷 청년에서 8·15해방과 대학 진학,
한용운과의 만남 그리고 지금도 한용운의
〈당신을 보았습니다〉를 암송하는 것은 나의 사상, 이념과
그의 그런 것들이 동일하기 때문일 것이다.

1927년 경남 통영에서 태어나 동아대 문학부를 졸업했다. 제일생명 상임감사, 부산 남양원예 대표, 한국알로에의 집 대표이사를 역임했고, 현재 김정문알로에 대표이사, 푸른화장품 회장, 중국동광알로에연구소 명예 이사장, 바른경제동인회 이사, 한국자연건강운동협의회 등 다양한 활동을 펼치고 있다. 저서로 《역사가 우리를 부르고 있다》《끝없는 도전》 등이 있다.

당신을 보았습니다

한용운

당신이 가신 뒤로 나는 당신을 잊을 수가 없습니다.
까닭은 당신을 위하느니보다 나를 위함이 많습니다.

나는 갈고 심을 땅이 없으므로 추수(秋收)가 없습니다.
저녁거리가 없어서 조나 감자를 꾸러 이웃집에 갔더니 주인(主人)은
'거지는 인격이 없다. 인격이 없는 사람은 생명이 없다. 너를 도와주는 것은 죄악이
다' 고 말하였습니다.
그 말을 듣고 돌아나올 때에 쏟아지는 눈물 속에서 당신을 보았습니다.

나는 집도 없고 다른 까닭을 겸하여 민적(民籍)이 없습니다.

'민적 없는 자(者)는 인권이 없다. 인권이 없는 너에게 무슨 정조냐' 하고 능욕(凌辱)하려는 장군(將軍)이 있었습니다.

그를 항거(抗拒)한 뒤에 남에게 대한 격분이 스스로의 슬픔으로 화(化)하는 찰나에 당신을 보았습니다.

아아, 온갖 윤리, 도덕, 법률은 칼과 황금을 제사지내는 연기(煙氣)인 줄을 알았습니다.

영원의 사랑을 받을까, 인간역사(人間歷史)의 첫 페이지에 잉크칠을 할까,

술을 마실까 망설일 때에 당신을 보았습니다.

눈물 속에서 갈망한 조국의 독립

나는 1927년 경상남도 통영에서 태어났다. 일본의 식민지가 된 지 17년이 되던 해였고 한용운 선생이 《님의 침묵》이란 시집을 간행한 1926년의 다음 해인 셈이다. 내가 초등학교 2학년 때 어머니가 교회 전도사라는 직장을 잃었고 아버지는 생활 능력이 없으셨다. 가족은 많고 먹고살 길이 없어 젖 짜는 염소를 키우고, 한편으로는 그 염소의 사료를 얻기 위해 두부를 만들어 팔았다. 비지는 젖염소에게 최고의 사료였기 때문이다.

나는 가족 일을 돕는다고 새벽에 일어나 불은 콩을 맷돌에 갈고(두부를 만들기 위해) 등교시에는 책 보따리와 7, 8병의 양유(羊乳) 병을 들고 수요자의 집까지 배달해 주었다.

그 무렵 흰 한복(韓服)을 입은 30대 정도로 보이는 청년이 아침 일찍 우리 집에 와서 갓 짜서 끓인 양유를 마시고 콩국도 마시곤 했다. 그는 건강이 나빴던 것 같다. 그리고 내 등교 시간에 맞춰 나를 동행하면서 3·1독립만세 운동이랑 중국, 만주 등에서 싸우는 독립투사들의 이야기를 들려주었다.

나는 우리가 일본의 식민지로 있는 것조차 몰랐었고 3·1운동 이야기도 그때 처음 들었다. 감성이 유달랐던 나는 충격을 받았다. 그 청년은 어디 사는 누군지도 몰랐지만 초등학교를 졸업할 때 가장 믿을 만한 친구 대여섯 명을 불러 우리 민족 상황을 설명하고 고학년 공부를 마치면 독립운동에 생명을 바치자고 맹세를 했다. 그리고 흰 천에 조선 지도를 그리고 붓글씨로 '조선 독립'이라 써넣었다. 또한 엄지손가락에 상처를 내 각자 피도장을 찍었다. 그 다음, 그것을 오지그릇에 넣고 한 친구 집 마당에 파묻었다. 그 후 중학교에 다니다가 8·15 해방을 맞았다. 해방이 되자 손수 만든 태극기를 들고 군중이 거리로 뛰쳐나와 '동해물과 백두산이……' 하는 애국가를 울부짖으면서 불렀다. 감격의 순간이었다.

나는 그때 부르던 애국가를 지금 어느 식장에서 부를 때면 그때의 감회가 되살아나 눈시울이 뜨거워지는 것을 느낀다. 광복 57년이 되었는데 무슨 헛소리냐고 할 사람도 있겠으나 독립했다는 이 조국이 지금도 두 조각이 나 있고 주변 열강에 좌지우지될 뿐 아니라, 그들은 위성을 이용하여 세계 모든 나라들의 상거래나 정치를 도청하고 있다. 지금 우리는 신(新)식민지시대에 살고 있는 것이다.

제헌(制憲)과 함께 나타난 최고 권력자들은 오늘까지 죄 없는 국민을 살해, 감금, 고문, 사찰하고 모든 수단으로 도청한다. 내가 그렇게 갈망하던 '자유, 평등, 박애, 정의'가 구현되는 민주국가란 이 나라에서는 찾을 길이 없다.

국가 권력 기관, 종교, 도덕, 모든 것이 다 갖추어진 오늘까지 한용운의 표현대로 "아아~ 칼과 황금을 제사지내는 연기(煙氣)인 줄을 알았습니다". 지금은 권력도 황금(돈)으로 썩어 있고 국민도 물질지상주의자가 되고 있다. 이것이 한용운이 그토록 비원(悲願)하던 독립 조국의 모습인가.

이제 다시 한용운의 시(詩)로 돌아가자. 《나를 매혹시킨 한 편의 시》제5
권에 시 한 편을 소개한 이호철 선생처럼 나도 일제시대에 태어났기에 일
본 신조사(新潮社) 간행 37권짜리 《세계문학전집》, 일본 춘추사(春秋社) 간
행의 《세계대사상전집》도 탐독했다. 이 전집에는 인류 문명사 이후 철학,
예술, 교육 외에 모든 학문 분야의 고전들, 신 고전들이 실려 있다. 초등학
교 때에는 이광수의 《흙》, 심훈의 《상록수》, 박계주의 《순애보》를 비롯한
한국 계몽주의 문학에도 관심을 쏟았다.

그러나 한용운의 《님의 침묵》이란 시집은 부산 동아대학 문과(文科—당
시엔 그렇게 불렀다) 시절 조향(趙鄕)이란 향토 시인(詩人) 국문학 교수에
게서 처음 배웠다. 당시 나는 '세계연방주의'에 심취해 있었다. 세계연방
주의란 전세계가 국가도 군대도 없는 하나의 연방정부를 만들어 영원히
전쟁 없는 인류 공존의 사회를 만들자는 운동이었다. 세계 1, 2차 대전을
치른 인류가 지구를 인류의 공동 자원으로 삼아 자유롭고 평등하게 살자
는 위대한 비전이다. 그러나 나의 애국심에는 변함이 없던 터라 《님의 침
묵》을 읽고 탄식했다.

한용운은 3·1독립선언문의 자구(字句) 수정과 맨 끝의 공약 3장을 직접
썼고 파고다공원에서 33인을 대표하여 '선언문'을 낭독하였다. 공약 심장
에 "최후의 일인까지, 최후의 일각까지"의 절규(絶叫)는 지금도 귓가에 들
리는 것 같다. 또한 그는 국내 독립운동 단체 신간회(新幹會)의 요직을 맡
기도 했다.

내가 어린 시절 양유(羊乳) 배달을 할 때 나에게 민족혼을 불어넣어 준 흰옷 청년에서 8·15 해방과 대학 진학, 한용운과의 만남 그리고 지금도 한용운의 〈당신을 보았습니다〉를 암송하는 것은 나의 사상, 이념과 그의 그런 것들이 동일하기 때문일 것이다. 다만 그는 불교인이고 나는 그리스도인인 것이 다를 뿐이다.

이제 〈당신을 보았습니다〉의 본론으로 돌아가자. "당신이 가신 뒤로 나는 당신을 잊을 수가 없습니다./까닭은 당신을 위하느니보다 나를 위함이 많습니다."

인간은 때때로 남녀간의 깊은 사랑에 빠진다. 그러나 그 애인이 떠나고 없으면 님만 가슴에 찬다. 그가 있어야 자기가 행복하고 생명력을 느끼기 때문이다. 한용운의 〈당신을 보았습니다〉에서의 제1연(第一聯)의 "나를 위함이 많습니다"는 시적(詩的) 과잉이 없다.

제2연의 "갈고 심을 땅이 없으므로 추수(秋收)가 없습니다. (…) 그 말을 듣고 돌아나올 때에 쏟아지는 눈물 속에서 당신을 보았습니다."에서 갈고 심을 땅, 추수, 저녁거리, 이것은 인격과 생명, 인권의 기본 조건이다. 빼앗긴 나라의 백성에게는 생명이란 없다. '생명이 없는 자를 도와주는 것은 죽은 자에게 재물을 버리는 것과 같다', '오히려 악이다'.

제3연의 "민적 없는 자는 인권이 없다. (…) 남에게 대한 격분이 스스로의 슬픔으로 화(化)하는 찰나에 당신을 보았습니다." 우리는 혼자서 감당할 수 없는 고통을 당했을 때 자기를 아끼고 목숨처럼 사랑해 주던 애인을 생각한다. 한용운의 당신은 독립된 조국이다. '적에 대한 격분이 강탈당하고 아무것도 없는 자신의 초라함을 보게 한다. 그럴 때 자기 슬픔에 북받쳐 눈물이 쏟아진다. 그 눈물 속에 그를 지켜주던 당신이 보인다. 그 '님'이 있었다면 나는 이런 능욕을 받지 않았을 것이다. 그리고 그의 시는 극한적 이별의 슬픔과 다시 만날 환희로, 또 시적 은유와 역설법도, 표상(表象)성도 감미(甘味)로움도 흠뻑 안고 있다. 그리고 그의 시는 여성적이고 애상적(哀想的)인 것이 또 다른 매력이리라.

그러나 한용운은 불교 유신론자였으니 그가 표현한 '님'을 불교적 무아(無我)의 경지, 초극의 심성으로 보려는 논자들도 있으나 나는 거기에 동의할 수 없다. '님'은 오직 연연(戀戀)하는 여성이었고 그 여성은 잃어버린 조국의 상징이었다. 내가 지금도 갈구하는 것은 '정의와 자유의 나라 한국이다'.

김중권

푸슈킨 · 삶

[고통을 이기게 한 푸슈킨의 '삶']

시골 촌뜨기가 세련된 서울 여자를 만나 데이트를 하던
날 나는 뭔가 로맨틱한 시를 하나 읊어주고 싶었다.
궁리 끝에 설레는 호흡을 가다듬고 눈을 감았다.
그 옛날의 익숙한 푸슈킨이 저절로 입에서 흘러나왔다.
"현재는 슬픈 것, 마음은 언제나 미래에 사는 것……."

1939년 경북 울진에서 태어나 고려대 법대를 졸업, 감리교 신학대학원 석사, 단국대 법학 박사학위를 받았다. 고등법원 판사, 제11, 12, 13대 국회의원, 대통령 정무수석 비서관, 단국대학교 대학원 교수, 일본 동경대학 법학부 객원교수, 국민의 정부 초대 대통령 비서실장, 새천년민주당 대표최고위원을 역임했고, 현재 국회의원으로 활동중이다. 저서로 《헌법과 정당》《꿈꾸는 자가 창조한다》가 있다.

삶

푸슈킨

삶이 그대를 속일지라도
슬퍼하거나 노하지 말라!
우울한 날들을 견디면 믿으라,
기쁨의 날이 오리니.

마음은 미래에 사는 것
현재는 슬픈 것
모든 것은 순간적인 것,
지나가는 것이니
그리고 지나가는 것은 훗날 소중하게 되리니.

삶이 그대를 속일지라도
젊고 달콤한 희망에 숨쉬며
언젠가 영혼이 썩는 육신에서 빠져나와
한결같은 그리움, 기억, 사랑을 끝없는 창공으로
가져간다고 믿는다면—

맹세코! 난 오래전에 이 세상을 버렸으니

삶을, 흉한 우상을 부수고

자유와 즐거움의 나라로 떠났으리

죽음이 없고, 편견도 없는 나라,

오직 창공의 순수함 속에 그리움만이 흐르는 그곳으로……

그러나 이 바람은 헛것이고 무력한 것을

내 이성은 고집스레 내 희망을 경멸하고……

무덤 뒤 나를 기다리는 것은 아무것도 없다고……

전연 아무것도 없다고!

그리움도, 첫사랑조차도!

무섭다……?

슬프게 다시 삶을 바라보며

나는 오래 살고 싶어진다.

내 우울한 영혼 속에 사랑하는 이의 모습이 감추어져 오래 불타라고

내 인생의 한 편의 시

  내 나이쯤 되는 사람이라면 우리나라의 윤동주나 이육사보다도 더 친숙한 러시아 시인이 하나 있을 것이다. 요즘도 그 사람의 시가 젊은이들 사이에서 인기가 있는지는 알 수 없지만, 젊은 시절의 나는 러시아 시인 푸슈킨의 시 한 편에서 말할 수 없는 위로와 용기를 얻곤 했다. 전쟁 직후 힘겨운 시절을 보내고 있던 우리에게 인생을 관조하고 있는 듯한 그 시는 놀라운 전파력을 얻어 퍼져나갔다.

  나는 궁벽한 시골 출신이다. 요즘도 서울에서 차로 가면 가장 많은 시간이 걸린다는 울진의 평해읍이라는 작은 마을에서 중학교와 고등학교를 다녔다. 시골 소읍에서는 문화적인 자극을 받을 기회가 거의 없었다. 교과서를 사 보기도 어려운 판에 시집을 사서 읽는다는 것은 상상도 못할 사치였다.

  그런 내게 푸슈킨의 시는 어디를 가나 눈에 자주 띄었고 시를 접해 볼 기회가 없던 내 가슴에 강하게 와서 박혔다. 시골 이발소의 파리똥 앉은 바람벽에도, 버스 정류장의 시간표 옆에도 자그맣게 푸슈킨의 시가 적힌 액자가 걸려 있었다. 지금 생각하면 신기한 노릇이다. 그 시대 사람들이 어째서 그토록 시를 사랑했을까. 더구나 우리나라 시인의 시도 아닌 낯선 러시아 시인의 시를? 그 시의 어떤 부분이 그 시대 사람들의 정서에 그토록 절묘하게 맞아떨어졌을까?

　물론 그 이후 나는 서울 유학을 왔고 여러 시를 접할 기회가 있었다. 시적으로 완성도가 높은 것도 있었고 리듬이 유난히 아름다운 것도 있었고 뜻이 생각할수록 심오한 것도 있었다. 그러나 젊은 날 민감하게 내 정서를 건드려 큰 힘을 나눠주던 푸슈킨의 시만큼 강렬한 시를 다시 만날 수는 없었다.

　나는 그 시가 시적으로 어느 정도 우수한지는 잘 모르겠다. 어찌 보면 너무 단순하고 의미가 명료해서 시로서는 다소 조잡하고 미숙하다는 평가를 받을는지도 모르겠다. 하지만 내 인생의 한 편의 시를 말하라고 한다면 단연 푸슈킨의 〈삶〉을 들지 않을 수가 없다.

　지금도 나는 입 안에서 혼자 그 시를 읊조려볼 때가 많다. 예상치 못한 어려움을 만났거나 견뎌내야 할 고난이 닥쳤을 때, 이 시를 외고 있으면 마음이 차분해지고 머릿속이 명료해지는 것을 느낀다. 그리고 힘겨웠지만 희망에 넘쳐서 공부하던 옛날이 고스란히 떠오른다.

　나는 이 시를 책상머리에 붙여놓고 살았다. 우리 집은 전쟁의 후유증이 그 어느 집보다 컸다. 집은 폭격에 부서지고 하늘같이 믿고 의지하던 큰형님은 결혼한 지 한 달 만에 전사를 하셨다. 부모님은 충격에 몸져누우시고 꽃 같은 새 형수와 열세 살짜리인 내가 집안의 실질적인 가장이 되었다. 끼닛거리도 없었다. 지금 생각해도 어떻게 그 시절을 건너왔을까 암담하기 짝이 없지만 나는 우울해하지도 않았고 기운이 빠지지도 않았다. 씩씩하게 뛰어다녔다.

먹을 게 없어 궁리하다가 집 뒤안에 무진장으로 자라고 있는 미나리를
베어서 시장에 나가 팔기로 했다. 형수가 베어주면 내가 날라다 팔았다.
아이들은 미나리를 안고 다니는 날더러 '미나리 소년'이라는 별명을 붙여
줬지만 나는 아랑곳없이 싱글벙글 웃으며 다녔다. 그렇게 중학생이 되고
고등학생이 되었다. 대학은 꿈도 꿔볼 수가 없었다. 어느 날 부모님이 도
시에서 다니러 온 친척 아저씨와 이야기하는 것을 들었다.

"우리 중권이는 반장 노릇을 도맡아 하는데다 성적이 저렇게 좋은
데…… 집안 형편이 이래서 대학을 보낼 수가 없대이. 학비는 그렇다 쳐도
생활비를 무슨 수로 감당해 내겠노?"

"아이고. 장학생이라는 게 있어요. 학비는 물론 생활비까지 전부 대주는
장학제도가 있는 학교가 찾아보면 많아요."

나는 그날부터 책상 앞에 들러붙었다. "전액 장학생, 생활비 보장." 그
말은 내게 그야말로 복음이었다. 공부하다 머리가 어질어질해지는 새벽이
오면 나는 책상 앞에 붙인 시를 바라보았다. 동터 오는 옥색의 새벽하늘에
대고 "마음은 미래에 사는 것 (…) 모든 것은 순간적인 것, 지나가는 것이
니 그리고 지나가는 것은 훗날 소중하게 되리니."를 외고 있으면 샘물 같
은 힘이 마음 밑바닥에서 퐁퐁 솟아났다. 그로부터 정확히 2년 후 나는 고
려대학교 법대생이 되어 있었다. 내겐 어려서부터 어머니를 따라다니며
기도해 온 신앙이 있었지만 기도 못지않게 그 시절 날 지탱해 준 것이 푸
슈킨이었다.

대학에 들어온 후 나는 다시 고시공부를 위해 책상 앞에 온종일 붙어 있어야 할 시기를 보냈다. 공부할 곳이 마땅치 않아 고향 동네의 비어 있는 잠실을 잠시 빌렸다. 원래는 누에를 치던 곳이었는데 양잠이 인기가 없어져 비워둔 집이었다.

날은 덥고 매미는 울고 좀처럼 집중이 되지 않았다. 곁에 공부하는 친구가 없으니 자극을 받을 수도 없어 자꾸만 해이해졌다. 그때 머리에 떠오른 게 바로 푸슈킨이었다. 시골 소읍에서 날 고려대에 보내준 시였다. 그 시를 읽으며 내가 얼마나 현재를 견딜 힘을 얻었던가. 나는 시골 마을 초입의 잠실 한 벽에다 다시 그 시를 커다랗게 써서 붙였다.

삶이 그대를 속일지라도
슬퍼하거나 노하지 말라!

거짓말처럼 나는 법전에 몰두했다. 게으름을 피우고 싶은 순간이 오면 벽에 붙인 시구가 날 다시 독려했다. 곁에다가는 이미 정신적 우상이 된 푸슈킨의 또 다른 잠언, "인생은 한 권의 책이다. 우리는 태어나서 죽을 때까지 매일 그 한 페이지를 창작한다"도 같이 써서 붙였다. 지금 내가 내 인생의 지울 수 없는 한 페이지를 창작하고 있다고 자각하면 한시도 나태할 수가 없었다.

잠실에서 공부를 시작한 지 정확히 2년 후 나는 사법시험에 합격했다. 변호사 사무실 시보로 근무하면서 나는 푸슈킨을 잠시 잊었다. 그곳의 변호사였던 장인의 소개로 아내를 처음 만났다. 시골 촌뜨기가 세련된 서울 여자를 만나 데이트를 하던 날 나는 뭔가 로맨틱한 시를 하나 읊어주고 싶었다. 궁리 끝에 설레는 호흡을 가다듬고 눈을 감았다. 그 옛날의 익숙한 푸슈킨이 저절로 입에서 흘러나왔다.

"마음은 미래에 사는 것, 현재는 슬픈 것."

요즘도 아내는 가끔 눈을 지그시 감고 그날의 어설프던 날 흉내내며 놀리곤 한다.

고려시가 · 만전춘

[가장 행복하고 진솔한 사랑을 꿈꾸며]

사랑한다면, 진실로 그리워한다면 무슨 소리인들 못할까마는 이렇게 애절한 외침으로 혼에 불을 당기듯 고백할 작정을 했다면 그 가슴에 극렬한 혼돈과 미친 듯한 사랑과 영혼을 남김없이 내던지는 지독한 정열이 배어 있을 것이다.

1947년 충남 공주에서 태어나 건국대 국문과 졸업, 동 대학원에서 박사학위를 받았다. 《현대문학》으로 등단하여 소설가로 활동하며, 경실련 상임집행위원, 방송문화진흥회 이사, 민주당 대변인, 현재 한나라당 국회의원, 민족화해협의회 집행위원장, 국제펜클럽 이사, 건국대 언론홍보대학원 겸임교수로 재직중이다. 저서로 《인간시장》《삼국지》《수호지》 등이 있다.

만전춘(滿殿春)

고려시가

얼음 위에 댓잎자리 보아
님과 내가 얼어 죽을망정
얼음 위에 댓잎자리 보아
님과 내가 얼어 죽을망정
정든 오늘 밤 더디 새오시라 더디 새오시라

가장 행복하고 진솔한 사랑을 꿈꾸며

문학도로 인생을 설계하겠다며 막 대학 생활을 시작했을 때, 지도교수가 이 시구를 읊조렸다. 가슴이 철렁거리는 느낌을 애써 다독거리며 따라 읊조렸다. 맛깔스러웠고 애잔했고 가슴 밑바닥이 뜨거웠다.

섦디설운 재수생 시절을 겪었다지만 아직 어린 나이요, 사랑에 대한 갈증으로 몸부림을 친다 한들 무어 인생의 깊이가 있었을까마는 고려시가 만전춘(滿殿春)의 앞 소절은 내 영혼을 격정에 휩싸이게 하기에 충분했다.

얼음 위에 대나무 잎새로 얼기설기 짠 자리를 깔고 사랑하는 이와 함께 누워 얼어 죽을망정 오늘 밤 더디 새고 싶다는, 이토록 애간장이 녹고 처절한 몸부림으로 사랑을 갈구하는 연인을 부러워하지 않는다면 그게 어디 혼백 가진 사람일까 싶었다.

우리 어렸을 적 조선팔도의 겨우살이는 혹독할 수밖에 없었다. 세수하고 수건질을 박박해도 문고리 잡으면 쩍 달라붙기 일쑤였다. 문풍지가 자발스럽게 울어대는 겨울밤엔 윗목에 떠다놓은 물사발이 꽁꽁 얼기 마련이요, 얼음 지칠 줄 아는 애들이면 누구나 동상 걸려 콩주머니 속에 손발 넣어둔 경험이 있었을 것이다.

북풍한설 몰아치는 밤이면 으레 얼어 죽은 사람 소식을 들어야 했고 잠결에 뒷간 다녀오면 불알이 얼어 터질 지경일 수밖에 없었다. 그래서 한 번쯤은 고추 끝에 호스나 파이프를 연결하여 누은 채로 볼일 보는 예비 발명가의 꿈을 꾸었을 것이다.

그리 혹독한 엄동설한을 훤히 아는 터에, 얼음 위에 댓잎자리를 깔았으면 얼어 죽기 십상일 뿐 아니라 댓잎이 꽁꽁 얼어 칼날 같을 것인데 어찌 그 위에서 긴긴 밤을 지새울 수 있단 말인가. 사랑에 환장한 사람이거나 제정신이 아니거나 아니 살 작정을 한 사람이 아니고선…….

사랑한다면, 진실로 그리워한다면 무슨 소리인들 못할까마는 이렇게 애절한 외침으로 혼에 불을 당기듯 고백할 작정을 했다면 그 가슴에 극렬한 혼돈과 미친 듯한 사랑과 영혼을 남김없이 내던지는 지독한 정열이 배어 있을 것이다.

남보다 감수성이 예민해서 걸핏하면 가슴에 상처를 돋우고 정신없이 책을 읽으며 소설의 주인공이나 된 듯 곧잘 착각에 빠지던 시절이 아니던가. 목마른 사랑만 해도 그랬다. 이 세상에서 가장 아름답고 가장 진지하며 가장 행복한 사랑의 주인공이 되고 싶던 욕구를 무슨 재주로 충족시킬 수 있었겠는가? 오직 그런 사랑을 꿈꾸는 것만이 내가 할 수 있는 유일한 수단이었던 것을.

나는 지금도 대학생들에게 강의를 하게 되면 첫 시간에 으레 사랑학을 늘어놓곤 한다.

젊은 시절, 영혼이 불타고 육신이 말라비틀어지도록 정열적으로 사랑하라. 늙어서 가장 큰 재산은 추억인데, 추억 가운데 가장 소중한 것은 바로 영육을 몽땅 던져서 사랑했던 그 기억들이다. 늙어서 인생을 후회할 즈음에 목숨 건 사랑의 추억이 없다면 그 인생이 과연 사람답다 할 수 있을까. 인간은 누구나 사랑의 전과자들이다. 사랑의 전과는 크고 무겁고 진하고 뜨겁고 화사하고 향기롭고 맛깔스럽고 무지하게 신나고 재미있어야 한다. 그래서 인간의 주성분을 사랑이라고 말하는 것이다.

사랑하라. 하늘이 두 쪽 나도록 큰 소리로 우렁차게. 우레처럼 천둥 소리처럼.

천 년 전에 얼음 위에 댓잎자리 깔고 얼어 죽을 작정으로 지극하게 사랑한 것을 생각하면, 지금 우리의 사랑이 진지한지 허술한지 한 번쯤 되돌아볼 필요가 있지 않을까.

서러운 님 보내옵나니
가시는 듯 다시 오소서

—고려가요 〈가시리〉 끝소절

님을 붙잡으면 서운해서 아니올까 봐 보내드리니 가시자마자 금세 다시 오시라는 애간장 녹이는 사랑의 간청이 빼어난 시구임에는 틀림없다. 그러나 〈만전춘〉의 목숨 내던지는 투혼적 사랑과 정열에 비하면 온순하기만 하다. 어쩌면 〈가시리〉의 사랑이 우리 민족에게 걸맞는 사랑이었는지도 모른다. 기다림의 미학이 있고 참는 미덕과 사랑의 순종과 돌아서서 소리 없이 흐느끼는 가슴앓이가 있어 더욱 애잔한 이야기가 되기 때문이다.

나 보기가 역겨워

가실 때에는

죽어도 아니 눈물 흘리오리다

—김소월 〈진달래꽃〉 끝소절

내가 싫어 가신다면 군말 없이 고이 보내드리고 가실 길에 꽃도 뿌려드리며 눈물도 보여드리지 않겠다는 이 뜨거운 고백의 심중에는 무엇이 도사리고 있을까. 진정한 사랑 같기도 하고 너무 허망한 사랑 같기도 한, 그래서 더욱 서러운 사랑의 흐느낌을 감지하게 된다. 우리 민족은 대체로 직설적인 사랑을 피했고 정열적인 사랑도 손사래질 친 듯했다. 은근하고 끈기 있고 애잔하고 느긋하며 지극하고 서글픈 사랑을 한 듯하다.

사시장철 임 그리워서 나는 못살겠네(〈정선아리랑〉), 나를 버리고 가시는 님은 십 리도 못 가서 발병난다(〈아리랑〉), 정든 님 오기만 기다린다(〈강원도아리랑〉), 남은 간장 다 썩이네(〈원산아리랑〉), 동지섣달 꽃 본 듯이 날 좀 보소(〈밀양아리랑〉).

가장 많이 불러 우리 애창곡이 된 아리랑의 가사 속에 나타나는 사랑도 언제나 애잔하기만 하다. 한 번쯤 억하심정으로 해코지 소리를 하거나 볼멘소리로 원망을 해봄직도 하련만…… 아니 어쩌면 너무 지독하리만큼 은근하고 속내를 드러내지 않아 자칫 사랑을 거절하면 목숨을 던지거나 평생 원한이 되어 복수를 할지도 모른다는 느낌이 들 때도 있다.

나는 이 시구를 읊조리면서부터 진솔한 사랑을 줄기차게 꿈꾼 듯하다. 내 인생의 절반을 사랑으로 꽉 채우려고 어지간히 애쓰고 무던히도 갈구했지 싶다.

사랑에는 완성이 없다는 걸 뻔히 일면서 말이다. 그래서 나이 들어 사랑에 얽힌 시를 가끔씩 쓰게 되는지 모른다. 이생에서 못다한 걸 시구로나마 완성하고 싶은 거겠지. 쯧쯧…….

사랑

풀잎처럼 누워
한 줌 햇살
이슬 반 모금쯤

그리고
몸부림꽃 피워
영혼열매 바치는 정절

노무현

김지하 · 타는 목마름으로

[저 푸르른 자유의 추억]

열정의 돛배를 달고 달리던 그곳에서 이 시가 내 안으로
들어왔다. 하나도 고단하지 않았던 그때 이 노래는 만 가지
심정을 표현해 주었다. 푸릇한 날에는 서정시가 되었고,
당당하게 어깨를 펴고 걸을 때는 행진가였으며, 누군가를
떠나보내야 하는 날에는 슬프고 애틋한 만가가 되어주었다.

1946년 경남 김해에서 태어나 부산상고를 졸업했다. 사법고시에 합격, 대전지법 판사, 변호사로 활동, 제13, 15대 국회
의원, 해양수산부 장관, 새정치국민회의 부총재, 새천년민주당 최고위원을 역임했고, 현재 제16대 새천년민주당 대통
령 후보로 선출되었다. 저서로 《여보, 나 좀 도와줘》《노무현이 만난 링컨》 등이 있다.

타는 목마름으로

김지하

신새벽 뒷골목에

네 이름을 쓴다 민주주의여

내 머리는 너를 잊은 지 오래

내 발길은 너를 잊은 지 너무도 너무도 오래

오직 한 가닥 있어

타는 가슴속 목마름의 기억이

네 이름을 남몰래 쓴다 민주주의여

아직 동트지 않은 뒷골목의 어딘가

발자국 소리 호르락 소리 문 두드리는 소리

외마디 길고 긴 누군가의 비명 소리

신음 소리 통곡 소리 탄식 소리 그 속에 내 가슴팍 속에

깊이깊이 새겨지는 네 이름 위에

네 이름의 외로운 눈부심 위에

살아오는 삶의 아픔

살아오는 저 푸르른 자유의 추억

되살아오는 끌려가던 벗들의 피묻은 얼굴

떨리는 손 떨리는 가슴

떨리는 치떨리는 노여움으로 나무판자에

백묵으로 서툰 솜씨로

쓴다.

숨죽여 흐느끼며

네 이름을 남몰래 쓴다.

타는 목마름으로

타는 목마름으로

민주주의여 만세.

저 푸르른 자유의 추억

솔직히 먼저 고백해야겠다. 시를 자주 읽지 않는다. 교과서에 나왔던 윤동주의 시 한두 편을 기억하는 정도다. 그러니 내가 좋아하는 시가 뭐다 하고 말할 것은 적다. 다만 시적 감흥보다 시대의 새벽길을 밝혀온 시들에 대해 관심이 있었다. 고단한 상황을 잊게 해준 한마디의 멋진 말들이 내게는 시적 기능을 했던 것도 같다. '조국이 나의 직업'이라는 구절은 요즘 많이 와 닿는 말이다. 내게 주어진 책임과 소명에 대해 다시 한 번 생각하게 해주는 말이기 때문일 것이다.

근래에도 나를 도와주는 친구들에게 한 줄의 통쾌한 문구를 주문하기도 했다. 여러 갈래의 길고 재미없는 말보다 단 한 줄의 경구가 감동을 주기를 바라는 마음이 아닐까. 여기에 내 진심을 담을 수만 있다면 금상첨화다. 시대정신, 명쾌함, 진정성, 이것이 시에 대한 나의 소망이다.

이런 내게 있어 김지하의 〈타는 목마름으로〉는 특별하다. 이 시는 고정된 책 안에서 만났다기보다는 현장에서 배운 노래라고 해야 맞다. 신나서 열심히 쫓아다니던 6월 항쟁의 거리에서, 뒤풀이 장소에서 배우고 체득한 시다. 시적으로 말하자면, 열정의 돛배를 달고 달리던 그곳에서 이 시가 내 안으로 들어왔다. 하나도 고단하지 않았던 그때 이 노래는 만 가지 심정을 표현해 주었다. 푸릇한 날에는 서정시가 되었고, 당당하게 어깨를 펴고 걸을 때는 행진가였으며, 누군가를 떠나보내야 하는 날에는 슬프고 애틋한 만가가 되어주었다.

　그때의 김지하 시인은 참 멋졌다. 어떻게 저런 시를 쓸 수 있을까? 얼마나 아프고 얼마나 절제해야 저런 시가 나올 수 있을지 지금도 궁금하다. 시인의 가슴이 타버리지 않은 것이 다행이다. 열정이야 시인의 가슴 못지않았지만, 시를 쓰는 사람들이 특출한 재주를 가져야 한다는 생각은 그때나 지금이나 변함이 없다. 당시의 김지하 때문이었다고 하면 과장일까.

　시를 품평한다는 것이 내게는 쉬운 일이 아니다. 그런데 이 시에 대해서는 몇 가지 할 말이 있다. 단어 하나하나가 쉬워서 좋고 정확하게 사실을 전달해 주어서 좋다. 그렇다고 평범한 문장이라는 이야기는 결코 아니다. 괜한 군더더기가 없어서 시원하다. 그러면서도 격정적이고 또 차분하다. 시를 읽는 동안 연상되는 것들은 가슴을 흔들어버린다. 얼마 안 되는 몇 구절 안에 감정의 고저장단은 물론이거니와 고스란히 한 시대가 들어 있다. 리듬이 실려 노래를 부를 때면 복받치는 감정을 주체하지 못할 때도 많다.

　이 노래를 부르며 눈물도 참 많이 흘렸다. 부둥켜안고 운 적도 있다. 시 때문이라고 할 수는 없고 시대 상황 때문이었겠지만, 시가 그러한 정서를 적절하게 대변했던 것도 사실이다. 위대한 시는 진실한 인간의 영혼을 담고 있고, 시대의 울림이 있다. 유치한 우월감 혹은 거리감을 느끼게 하는 시들은 그래서 별로 좋아하지 않는다.

81년 부림사건의 변호를 시작으로 나는 인권 변호사의 길을 걷게 되었다. 그때 정말 좋은 사람들을 많이 만났다. 젊은 그들의 생각에도 관심이 많았고 책도 많이 읽었지만, 그보다는 그들의 순수한 열정과 성실함이 나를 그들 곁으로 끌어들인 것 같다. 몇몇은 나이가 들어서도 여전했는데, 오래도록 깨끗하고 순수한 영혼을 지닐 수 있다는 게 나에겐 아직도 놀라운 감동으로 남아 있다. 그들과의 술자리에는 노래가 빠지지 않았고, 가끔씩 시인의 냄새가 배어나오기도 했다. 두렵고 험난한 시대를 사는 이들에게 시와 노래는 따뜻한 안식처가 아니었을까.

2002년 6월 우리 대한민국 선수들이 골 넣는 장면을 원 없이 보았다. 그런데 내게 더욱 감동을 준 것은 신인·노장 가릴 것 없이 유럽 선수들의 발에 걸어차이고 때로는 의도적인 팔꿈치 가격에 맞아 쓰러지면서도 쉼 없이 다시 일어나 경기장을 누비고 다니는 모습이었다. 애틋하기까지 한 그 모습이 한 장의 스틸 사진처럼 내 가슴에 박혀 있다.

내게는 80년대의 민주주의가 또 그렇다. 매 맞고 쓰러지고 또 숨죽여 도망다니면서도 꿈을 잃지 않았던 정의의 사람들. 넘어져도 다시 일어나 민주주의를 위해 끊임없이 싸운 사람들이 있어 우리가 여기까지 올 수 있었다. 두려워도 싸워야 할 때 싸운 사람들이 있었다. 그것이 어두운 시대를 살아온 사람들의 치열한 시다.

민주주의란 얘기를 하면 궁색해 보이기까지 하는 시절이다. 물론 새로운 가치들을 함께 적용하지 않으면 안 된다. 그러나 시대가 바뀌어 그들의 삶과 시가 '희미한 옛 사랑의 그림자' 가 되었다고 해도 나는 그들의 편이었고 그들과 함께한 것이 여전히 자랑스럽다.

시를 쓸 수 있는 자부심과 상상력도 다 거기 모여 있었는데……. 민주주의의 가치는 퇴행하기보다 새로운 시대로 전진할 수 있는 덕목이다. 내 생활과 가치관을 송두리째 바꾸었던 "저 푸르른 자유의 추억"을 어찌 흘러가는 강물에 그냥 놓아버릴 수 있겠는가.

세월이 많이 흘렀고 나는 새로운 책무로 밤잠을 설치고 있다. 역사는 우리 시대를 혹은 나라는 사람을 어떻게 기록하고 평가할지 모르겠다. 지금도 옳다고 생각한 이 길을 갈 뿐이다. 나중에 그 길의 끝에서 글을 하나 쓰고 싶다.

젊은 날
고시 책을 덮고
붉은 낙조를 벗삼아
집으로 돌아올 때
저 멀리서
쪼르르 소리를 내며 달려오던
첫째 아이
작고 작은 고사리 손에 끌려가며
절망과 피로를 잊을 수 있었던

(…)

흑백사진 한 장과 같은 기억

아주 오래되고 따뜻한 순간

과거에 내게 희망을 주었던 이들, 지금 내게 기대를 걸고 있는 모든 이
들에게 이런 평화로운 풍경을 선물할 수 있어야 할 텐데…….

박관용

한용운 · 나룻배와 행인

[국민의 나룻배가 되고 싶은 꿈]

긴 시는 아니지만 사람이 올바르게 산다는 것이 무엇인지에
대한 탁월한 통찰을 보여준 이 시처럼 살려고 나는
노력했다. 실제로 만족스럽지는 않지만 어느 정도
그렇게 살아왔다고, 혼자 자부하기도 한다.

1938년 부산에서 태어나 동아대 정치학과 졸업, 부산대 명예 정치학 박사학위, 동아대 명예 법학 박사학위를 받았다.
국회 전문위원으로 제11, 12, 13, 14, 15대 국회의원, 국회 헌법개정 기초위원, 국회 통일정책특위 위원장, 대통령 비서
실장, 대통령 정치특보, 국회 통일외무위원회 위원장, 신한국당 사무총장, 한나라당 부총재를 역임했고, 현재 국회의
장으로 재임중이다.

나룻배와 행인

한용운

나는 나룻배, 당신은 행인

행인인 당신은 흙발로 나룻배인 나를 짓밟습니다마는

나는 두말없이 당신을 안고 물을 건너갑니다.

깊은 물이거나 얕은 물이거나 급한 여울이거나 순한 여울이거나 가리지 않고, 조건
없이 물을 건너갑니다.

만일 당신이 아니 오시면 바람이든 눈이든 비든 밤이든 낮이든 다 맞으며 당신을 기
다립니다.

그런데 당신은 물만 건너면 돌아보지도 않고 가십니다그려.

그러나 당신이 언제든지 오실 줄만은 알아요

나는 당신을 기다리면서 날마다 날마다 낡아만 갑니다

나는 나룻배, 당신은 행인

국민의 나룻배가 되고 싶은 꿈

고백하자면, 나는 시를 많이 알지 못한다. 따라서 평소 시를 즐겨 낭송하거나 외울 수 있는 실력이 못 된다. 그러나 그렇다고 해서 나를 특별히 정서가 메마른 사람으로 간주한다면 좀 억울할 것 같다. 정서가 메마르거나 시심(詩心)이 없어서가 아니라 시를 즐길 수 있는 인생을 살지 못했다는 것이 정확한 표현이겠다.

나는 1967년 10월 정치에 입문했다. 그러니까 올해로 35년째가 된다. 지금은 민주화가 상당히 이루어졌기 때문에, 70~80년대 우리나라가 정치적·사회적으로 얼마나 암울하고 엄혹했던지 실감이 잘 안 나는 사람들이 많을 것이다. 그 시절 거리에서는 최루탄 파편이 튀지 않는 날을 찾기 어려웠고, 안타까운 젊은이들이 숱하게 쓰러져갔다. 나는 그 시절 야당에 적을 두었다. 당시 야당에 있는다는 것은 맨주먹으로 권력과 맞서다 얻어터지고 끌려가고 하는 것을 뜻했다.

2002년 7월 8일 국회의장에 선출되고 난 이후 국회법에 따라 한나라당을 탈당한 것이 처음 당을 떠난 것이니, 20년 이상 야당 생활을 한 셈이다. 무슨 여유로 음풍농월(吟風弄月), 시를 읊조릴 수 있었겠는가.

그런 가운데서도 나를 지탱해 주는 시가 한 편 있다. 고등학교 다닐 때 처음 접한 이후 지금까지 늘 머리와 가슴에 간직해 온, 말하자면 인생의 동반자 같은 시다. 지금은 기억력이 나빠져 다 외울 수 없으나 젊은 시절

끝까지 낭송할 수 있는 유일한 시이기도 했다.

긴 시는 아니지만 사람이 올바르게 산다는 것이 무엇인지에 대한 탁월한 통찰을 보여준 이 시처럼 살려고 나는 노력했다. 실제로 만족스럽지는 않지만 어느 정도 그렇게 살아왔다고, 혼자 자부하기도 한다.

바로 만해 한용운 선생의 〈나룻배와 행인〉이다. 처음 이 시를 접했을 무렵, 나는 그 내용을 이해할 수 없었다. 중·고등학교 시절 학교 대표 야구선수로 뛰는 등 운동을 꽤 하는 편에 속했던 나는 이렇게 수동적이고 패배주의에 물든 시도 있는가 했다. 만해 선생이 어떻게 이런 시를 썼을까 했다.

그러나 얼마 안 가 이 시가 얼마나 용기 있고 힘차고 성숙된 삶에 대한 찬사인지 알게 됐다.

이후 나는 이 시를 읽을 때마다 가슴이 저렸다. 특히 "당신은 물만 건너면 돌아보지도 않고 가십니다그려" 하는 대목에서 '그려' 라고 할 때는 견딜 수 없을 정도로 감정이 사무칠 때가 많았다.

그 말씨는 얼마나 단정하고 조용조용한가. 그 단정하고 조용한 속에서 온 우주를 품는 포용력, 태산처럼 흔들리지 않는 무거움, 폭풍을 뚫어내는 견인불발의 강인함을 담고 있지 않은가.

"아아! 님은 갔지만 나는 님을 보내지 아니하였습니다. 제 곡조를 못이기는 사랑의 노래는 님의 침묵을 휩싸고 돕니다"로 끝맺는 〈님의 침묵〉과 함께, 부드러우나 강철의 삶을 살았던 선사이자 대시인 만해가 아니면 뱉을 수 없는 절창이다.

나는 이 시처럼 살려고 했다. 무리하지 않으려 했고 욕심내지 않으려 했다. 내 자리가 아니다 싶으면 앉지 않았고, 가급적이면 양보하려 했다.

김영삼 전 대통령이 청와대에 들어가면서 비서실장으로 함께 들어가자고 제의했을 때, 나는 적임이 아니라며 사양했다. 상도동 직계도 아닌 처지로 대통령 심기를 가장 잘 알아야 하는 비서실장을 하는 것이 적절치 못하다고 판단했기 때문이다. 그 뒤 당 사무총장 제의도 사양했고, 그 외 많은 자리도 할 수만 있다면 양보하려 했다. 행인이 아니라 나룻배로 살려고 했다.

기자들이 나의 프로필을 쓸 때 다른 부분은 조금씩 달라도 반드시 들어가는 표현이 있다. "박관용은 합리주의자"라는 것인데, 참 고마운 평가다. 아마 무리하지 않고 지나친 욕심을 부리지 않는 모습을 인정해 준 것이 아닌가 한다.

물론, 현실 정치에 몸담고 수십 차례 선거를 치른 사람으로서 제대로 하지 못한 때가 많았을 것이다. 나로 인해 상처받은 사람도 많을 것이고, 지금 내가 하고 있는 얘기를 거짓말이라고 생각하는 사람도 있을 것이다.

하지만 나는 나룻배처럼 살려고 노력했다. 능력 탓에 할 수 없었던 적은 있었겠지만[不能] 하지 않은 것[不爲]은 아니었다고, 나는 감히 생각한다.

그러나 그러지 못한 일이 최근에 있었다는 사실을 고백하지 않을 수 없다. 이번 국회의장 자리는 사양하지 않았다. 오히려 반대로 욕심을 냈다고 해야겠다. 대통령이건 총리건 다른 자리는 욕심을 낸 적이 없으나, 국회의

장은 꼭 한 번 해보고 싶었기 때문이다.

그래서 아마 내 인생을 총정리할 때, 나의 시처럼 살았다고 기록하지 못하게 될 것이다. 그러나 나는 후회하지 않겠다.

나는 내 공적인 인생을 국회에서 시작했다. 국회의원 비서관으로 입문해 6년 동안 일했고, 그 비슷한 기간 동안 국회 전문위원으로 일했다. 이어 11대에 원내에 진출해 지금까지 22년 동안 국회의원으로 있다. 나는 내 인생을 국회에서 시작한 것처럼 마치는 것도 국회에서 하기로 이미 오래전에 결심한 바 있다. 끝마치기 전에 나는 우리 국회가 국민의 대변자인 원래의 모습을 되찾도록 하는 데 벽돌 하나라도 놓고 싶었다. 그래서 국회의 권능을 회복하기 위해 노력하다 간 한 '의회인' 으로 기록되고 싶었다.

그러기 위해서는 국회의장이 제일 낫겠다 싶어, 욕심을 내게 됐고, 월드컵 4강 이후 유행어처럼 '꿈★은 이루어진 것이다'.

　　그러나 당신이 언제든지 오실 줄만은 알아요
　　나는 당신을 기다리면서 날마다 날마다 낡아만 갑니다
　　나는 나룻배, 당신은 행인

지금 생각하니 이 시를 떠올릴 때마다 나는 우리 국민들의 나룻배가 되겠다는 꿈을 키웠던 모양이다.

아! 고맙고도 그리운 만해 선생님.

박동섭

로버트 해리 · 지금 하십시오

[내일이면 결코 할 수 없는 일]

미래를 꿈꾸면서 현재에 충실한 생활을 하는 사람은
반드시 성공한다. 이 시에서는 아주 쉬운 것부터
지금 하라고 강조하고 있다. 친절한 말 한마디, 미소
이런 것도 지금 당장 하라고 한다.

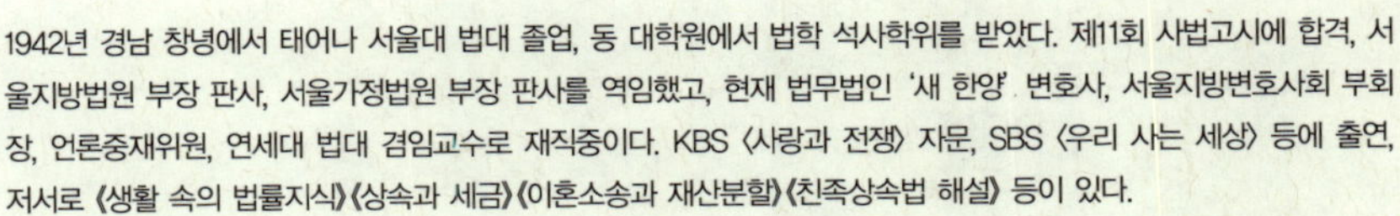

1942년 경남 창녕에서 태어나 서울대 법대 졸업, 동 대학원에서 법학 석사학위를 받았다. 제11회 사법고시에 합격, 서울지방법원 부장 판사, 서울가정법원 부장 판사를 역임했고, 현재 법무법인 '새 한양' 변호사, 서울지방변호사회 부회장, 언론중재위원, 연세대 법대 겸임교수로 재직중이다. KBS 〈사랑과 전쟁〉 자문, SBS 〈우리 사는 세상〉 등에 출연, 저서로 《생활 속의 법률지식》《상속과 세금》《이혼소송과 재산분할》《친족상속법 해설》 등이 있다.

지금 하십시오

로버트 해리

할 일이 생각나거든 지금 하십시오
오늘 하늘은 맑지만, 내일은 구름이 보일런지 모릅니다
어제는 이미 당신의 것이 아니니, 지금 하십시오

친절한 말 한마디 생각나거든,
지금 말하십시오
내일은 당신의 것이 안 될지도 모릅니다
사랑하는 사람은 언제나 곁에 있지는 않습니다
사랑의 말이 있다면
지금 하십시오

미소를 짓고 싶거든
지금 웃어주십시오
당신의 친구가 떠나기 전에
장미는 피고 가슴이 설렐 때
지금 당신의 미소를 주십시오

불러야 할 노래가 있다면

지금 부르십시오

당신의 해가 저물면 노래 부르기엔

너무나 늦습니다

당신의 노래를 지금 부르십시오

내일이면 결코 할 수 없는 일

우선 이 시를 알게 된 동기부터 이야기하고 싶다. 그러니까 지금부터 10년 전인 1992년 가을, 우리 집 아이들이 대학입시를 앞두고 있었기 때문에 교회에 새벽 기도를 드리러 나갔다. 그때 목사님이 설교중에 우연히 시를 낭송하기에 들었다. 순간 '야 정말 멋있다'는 생각이 스쳐 지나갔다. 곧 기도회는 끝나고 사람들은 떠났다. 그 다음 날 나는 교회에 같은 시간에 가서 그 목사님을 찾아보았다. 목사님은 먼저 오셔서 앞자리에 앉아 기도를 드리고 계셨다. 어찌나 반가운지—그런데 목사님이 기도를 얼마나 오래오래 하시는지 나는 도저히 기다릴 수 없어서 흔들어 깨우듯이 하여 그 목사님과 말할 수 있게 되었다(지금 생각하면 너무나 무례한 짓이지만).

나는 다짜고짜로 "목사님 어제 설교중에 〈이제 하십시오〉인가 뭐 그런 시를 읽어주시지 않으셨어요?" 하고 물었더니, 조용한 목소리로 "글쎄, 생각이 잘 안 나는데……" 하신다. 나는 난감하여 한참 설명을 더 드렸더니, 그제야 "응 그래, 〈지금 하십시오〉라는 시 말이군" 하고 생각해 내셨다. "지금은 없으니, 내일 가지고 오지" 하여 다음 날에야 이 시를 구할 수 있었다.

그 이후 나는 이 시를 음식점에 가서도 알려주고, 몇 사람이 모인 회식 자리에서도 읽어주고, 직장의 모임에서도 수시로 낭송해 왔다. 어떤 이는 듣더니, "그래, 이 식사 끝나거든 노래방에 가자"고 하여 폭소를 자아내기도 하였다(마지막 구절이 "당신의 노래를 지금 부르십시오"로 되어 있었기에). 어떤 음식점에서는 이 시를 많이 복사하여 손님들에게도 나누어주고, 그 끝에 제공자 변호사 박동섭이라고 써놓았는데, 그게 나중에는 와전되어 지은이가 박동섭으로 나온 경우도 있었다. 대학 동기생 중 한 친구는 강원도에 놀러 갔다가 와서 나에게 "어느 식당에 들어갔더니 '당신이 지은' 시가 있어서 읽어보았지. 좋던데"라고 말해 주기도 했다. 나는 오랫동안 이 시의 작가가 미상이라고 알고 있었는데, 우리 집의 아이들이 텔레비전을 보던 중 이 시가 나오고 작가의 이름도 나온다면서 알려주어 어렵게—몇 년 후에야, 드디어 이 시의 작가를 알 수 있었다.

성경 말씀에 "인생이란 잠시 보이다가 사라지는 안개니라"고 한 부분이 있다. 인생은 너무 짧고 세월은 너무 빨리 흘러가므로, 순간을 놓치지 말고 잡아야 한다는 의미다. 《탈무드》에 나오는 유명한 랍비, 힐레르도 이와 비슷한 말씀을 남겼다. 즉 "지금 그 일을 하지 않고 언제 하겠다는 말인가?"라고. 또 "당신이 스스로를 위해 주지 아니한다면 누가 당신을 위해 줄 것인가? 또 당신이 당신만을 위한다면 그것은 당신을 위하는 길도 될 수 없다"는 등의 말을 남기고 있다.

그리고 러시아의 대문호 톨스토이는 인생에 대한 세 가지 질문을 던지면서, 지금의 중요성을 강조하고 있다. 첫째, 나의 일생에서 가장 중요한 사람은 누구인가? 둘째, 나의 일생에서 가장 중요한 때는 언제인가? 셋째, 나의 일생에서 가장 중요한 일은 무엇인가?

나의 일생에서 가장 중요한 사람은 '지금 내가 만나고 있는 사람'이고, 나의 일생에서 가장 중요한 때는 '지금'이며, 나의 일생에서 가장 중요한 일은 '지금 내가 하고 있는 일'이라고 자문자답하고 있다. 그만큼 지금은 중요하다.

어떤 친구는 위와 같은 톨스토이의 말이 범죄자, 특히 사기꾼에게도 그대로 통용되는 말이라는 농담을 하여 웃었던 기억이 난다. 즉, 사기꾼이 사기를 치려는 순간도 그에게는 정말로 중요한 순간이고 현재 이 순간을 놓치면 언제 그러한 때가 또 오겠는가? 그러므로 현재가 가장 중요한 때이고, 사기의 대상인 이 사람(피해자)이 세상에서 가장 중요하다고 한다. 그 사람이 속지 않고 가버리면 허탕이고, 완전히 속은 이 사람이야말로 가장 중요하다. 다시 이와 같이 어리석은 사람을 만나기란 그리 쉽지 않기 때문이다. 그래서 사기꾼에게는 현재 사기 치고 있는 일이 가장 중요한 일이란다.

이 경우처럼 아무리 좋은 말이라도 나쁘게 사용될 수 있다는 것을 우리는 알 수 있다. 사기를 치고 기타 범죄행위를 하여 감옥에 들어가는 것은 그 사람의 자유이고…….

사람들은 대개 어릴 때는 '미래가 빨리 왔으면 좋겠다' 혹은 '내가 빨리 자랐으면 좋겠다'는 생각을 하고 나이가 들어 늙어가면 '옛날이 좋았지'

하고 말하곤 한다. 젊은이에게 "이 일을 한번 해보게" 하면 "제가 이 나이에 무슨 새로운 것을……"이라고 말하면서 일을 해보기도 전에 미리 거절하는 것을 더러 본다. 이야말로 애늙은이가 아니고 무엇인가? 이상도 없고, 희망도 없고, 원대한 꿈도 없는 사람은 젊은이가 아니고 늙은이인 것이다. 미래를 꿈꾸면서 현재에 충실한 생활을 하는 사람은 반드시 성공한다.

이 시에서는 아주 쉬운 것부터 지금 하라고 강조하고 있다. 친절한 말한마디, 미소를 보내는 것도 지금 당장 하라고 한다.

우리 사회에서는 "공연히 친절하면 사기꾼으로 오해 받는다" 또는 "함부로 미소 짓다가는 정신병자로 오인 받는다"는 말을 들을 수 있다. 진정한 '친절'은 남이 궁박할 때 그 사람을 도와줄 수 있는 것이다. 시선(施善)에 관하여 어느 문인(수주 변영로 선생)이 쓴 글을 읽은 적이 있다. 길거리를 지나다가 거지를 만났다. 거지는 앉아서 돈 한푼 달라고 하며 기다린다. 이 경우 서양의 철학자 쇼펜하우어(염세주의 철학자)는 "거지에게 동전을 던져주는 것은 거지로 하여금 그 상태를 계속 유지하게 하는 행동이다. 그러므로 그러한 행동을 해서는 안 된다"고 강조하고 있다.

그러나 정작 우리들이 지하철역이나 길거리에서 구걸하는 사람을 만났을 때, 과연 쇼펜하우어의 철학을 들먹이면서 그래 "내가 당신에게 이 동전을 던져주는 것은 당신으로 하여금 그 상태를 계속 유지하게 하는 짓이야" 하면서 지나칠 것인가? 인간 사회가 완전한 사회이면 몰라도 그렇지 못하고 불완전한 사회인 이상, 거지에게 동전 한 닢이라도 던져주는 것이 더 좋지 않을까 하고 수주 선생은 결론 내렸다. 나는 선생의 글에 전적으로 찬동하고 있다.

지하철 내에서 구걸하는 사람의 경우 뒤에서 시키는 사람이 따로 있고, 그 사람은 허수아비에 불과하므로 절대로 돈을 주어서는 안 된다고 하는 사람도 있다. 그러나 나는 그렇게 생각하지 않는다. 우리 사회가 불완전한 사회이기 때문에 누구라도 이들을 도와주어야 한다. 친절을 베푸는 일이든, 미소를 짓는 일이든, 선행이든 지금 바로 해야 한다. 내일이면 결코 할 수 없기 때문이다.

배병휴

조지훈·승무

[지조를 남기고 간 선비여]

시대나 세월을 앞질러 불심(佛心)이나 청록(靑鹿)의
세계를 그려낸 선생의 시심을 깊이 이해하거나 시어를
따라보려고 엄두 낸 적은 없었다. 좀더 세월이 지난 후에야
선생의 지조론을 알게 되고 존경하며 따르게 됐다.

1941년 경북 김천에서 태어나 고려대 정치외교학과 졸업, 동 대학 경영대학원을 수료했다. 《매일경제》 산업부장과 편집국장, 논설주간 전무, 행정쇄신위원회 위원, 행정규제개혁위원회 위원, 《매일경제》 편집고문, 경제5단체 의정도평가위원회 위원, 현재 (주)좋은 이웃집 월간 〈경제풍월〉 발행인으로 활동중이다. 저서로 《재계비화》《누군가 하고 싶은 이야기》《아직 갈 길이 멀다》《정치벌 사회벌》《IMF 개혁기회와 또 다른 위기》 등이 있다.

승무

조지훈

얇은 사(紗) 하이얀 고깔은
고이 접어서 나빌레라.

파르라니 깎은 머리
박사(薄紗) 고깔에 감추오고

두 볼에 흐르는 빛이
정작으로 고와서 서러워라.

빈 대(臺)에 황촉불이 말 없이 녹는 밤에
오동잎 잎새마다 달이 지는데

소매는 길어서 하늘은 넓고
돌아설 듯 날아가며 사뿐히 접어 올린 외씨버선이여.

까만 눈동자가 살포시 들어
먼 하늘 한 개 별빛에 모두오고

복사꽃 고운 뺨에 아롱질 듯 두 방울이야
세사(世事)에 시달려도 번뇌는 별빛이라.

휘어져 감기우고 다시 접어 뻗는 손이
깊은 마음속 거룩한 합장인 양하고

이 밤사 귀또리도 지새우는 삼경(三更)인데
얇은 사 하이얀 고깔은 고이 접어서 나빌레라.

지조를 남기고 간 선비여

바람이 몹시 불던 1959년 4월, 조지훈(趙芝薰) 선생은 갈색 두루마기를 입고 강의실에 나타났다. 삼단 같은 긴 머리칼은 윤기가 났고, 이따금씩 손으로 빗질을 하거나 돋보기를 곧추세우던 모습이 기억난다. 선생의 목소리는 청명하면서도 걸쭉한 맛이 곁들여 넓은 강의실을 울렸다.

이날 첫 강의는 신입생 모두가 까무러친 사건이었다. 선생에게 가까이 다가서고자 앞줄에 앉았던 여학생이나 뒤편을 가득 메운 시골 출신 머슴애들이나 몽땅 '이럴 수가 있느냐'고 놀랐기 때문이다. 선생은 막걸리 냄새를 팍팍 풍겼다. 천하의 민족시인이자 교과서에 실려 있는 선생께서 아침부터 술에 취해 강단에 설 수 있단 말인가.

선생은 "내 이름은 조동탁(趙東卓)이오"라고 칠판에 큼직하게 쓰고는 조지훈으로 불리는 내력을 설명했다.

"요즘처럼 쌀쌀한 날씨에 아랫목에 앉아 막걸리를 마시고 있으면 뭣이 훈훈하게 녹아내려 조지훈이라 부르기로 했소."

이 말에 놀라지 않은 학생은 한 명도 없었다. 여학생과 남학생을 막론하고 '시인은 아무 말이나 거침없이 하는구나'라고 생각하게 했다. 반면에 '시에 무식해서는 안 되겠구나' 생각하며 조지훈 선생의 시를 외우느라 고생하기도 했다.

무엇보다 여학생들이 흥미진진하게 청강하는 모습이 신기했다. 최양,

김양 등 예쁜이들과 가까이하자면 조지훈 선생의 시를 익혀야겠다고 깨달았다.

나는 대입시험 때 "모가지가 길어서 슬픈 짐승이여"의 '모가지 긴 짐승'을 기린이라 적었던 시의 무식쟁이였다. 노천명의 〈사슴〉도 그 뒤에나 겨우 외웠던 기억이 있지만 지금은 다 잊고 지낸다.

조지훈 선생은 교양 과목이 있는 날이면 신설동로터리 위스키 시험장에서 만날 수 있었다. 선생의 좌우 양쪽에는 반드시 묘령의 아가씨가 자리다툼하며 앉아 있다. 두 여자가 명문 대학에 다니는 문학 지망생임은 물론이다.

'위티' 한 잔은 이승만 박사 흉상이 새겨진 1백 환짜리 동전 한 닢 값이었다. 동전이 떨어져 우두커니 앉아 있는 우릴 보고 선생은 "위티 한잔 하게"라며 동전을 밀어주기도 했다. 선생의 2차와 3차는 복개되기 전 청계천변 손수레 주점이다. 어느 집이나 선생은 주모와 막역한 사이였다. 술과 안주가 덤으로 몇 차례나 오가는 것을 보면 선생은 재미로 주정을 부렸던 모양이다.

우린 통금 한 시간 전에 하숙집으로 돌아가야 하지만 선생은 태평이다. 선생을 두고 양쪽 여대생끼리 서로 당번 차례라며 언쟁하는 모습을 보며 귀가한 뒤의 이야기는 알 수 없다.

그날 밤 돈암동 자택으로 무사히 귀가하셨는지 도중에 여인숙 신세를 졌는지 알 길이 없기 때문이다. 다만 다음 기회에도 선생은 신설동과 청계천변 주점을 같은 방식으로 순례한다는 사실만은 알 수 있었다.

선생의 대표작 〈승무(僧舞)〉를 열심히 외운 것은 '꿩 먹고 알 먹기' 위해

서였고, '뽕도 따고 임도 보기' 위해서였다. 선생에게 '위티'도 얻어 마시고 여학생들과 대화할 수도 있었기 때문이다.

그렇지만 "얇은 사 하이얀 고깔은 고이 접어서 나빌레라"를 운치 있게 암송할 재능이 없고 오묘한 뜻을 이해할 수준이 못 되었다. 단지 읽을수록 느낌이 좋아 또 읽게 됐다. 그러다가 "파르라니"며 "박사 고깔"이며 "외씨버선" 등이 눈앞에 살아 움직이듯 친숙해졌다.

그렇다고 시대나 세월을 앞질러 불심(佛心)이나 청록(靑鹿)의 세계를 그려낸 선생의 시심을 깊이 이해하거나 시어를 따라보려고 엄두 낸 적은 없었다. 좀더 세월이 지난 후에야 선생의 지조론을 알게 되고 존경하며 따르게 됐다.

지조는 선비의 것이요, 교양인의 것이라고 했다. 장사꾼에게서 지조를 찾을 수 없고 창녀에게서 정조를 바랄 수는 없다고 했다. 그러니 지조란 선비나 지도자에게 있어야 한다고 했다. 선생은 그때 그 시절을 한탄하며 "지조 없는 지도자의 배신 앞에 우리가 얼마나 실망했느냐"고 반문했다.

세상을 살아가며 눈치가 생기고 처세를 눈여겨보면서 선생의 지조론이 뒤늦게나마 귀가 뚫리는 말이었음을 깨닫게 되었다. 실로 지조란 지키기 어렵고 실행하기가 쉽지 않은 형상이다. 어쩌면 선생께서 너무 일찍이 알아들을 귀가 없는데도 '지조'라는 과다한 주문을 했는지도 모른다. '지조'가 떠난 지 34년이 흐른 지금도 듣지 못하고 실행 못하는 것이 지도자의 지조가 아니고 무엇인가.

선생은 370년간 조선 선비의 지조를 지켜온 명가의 혈손이었다. 기묘사화 때 난을 피해 경상도 영양군 일원면 주실 마을로 낙향한 한양 조씨 후

손이었다. 그러다가 선대가 주실 조씨 시조가 되자 종택의 16대 종손으로 태어나 고스란히 지조를 물려받게 된 것이다.

일찍이 한학을 익히고 절제를 체득하고 불경과 참선에도 심취한 것이 바로 이런 내력 탓이기도 했다. 그리고 역사와 국어학을 바탕으로 한국문학을 세우고 시를 통해 세월과 세상을 추상같이 공박했던 것이다.

선생은 너무 일찍 세상을 떠나고 말았다. 4·19 후 고대 캠퍼스에 세워진 기념탑에 "자유, 너 영원한 활화산이여"가 마지막 절규로 남아 있다.

꼿꼿하면 스스로 휘어지지는 않지만 부러지는 법이다. 아마도 조지훈의 지조론도 너무 일찍 세상에 나와 부러졌을 것이다. 아울러 이로부터 한국인의 멋과 풍유도 단절되지 않았을까 여겨진다.

선생의 〈승무〉는 월정사에서 나왔을지 모르지만 우리가 기억하는 〈승무〉는 TV 드라마나 역사극에서 되살아나곤 한다. 아마도 조지훈 선생의 〈승무〉를 익힌 방송작가가 "얇은 사 하이얀 고깔"을 그려내고 "소매는 길어서 하늘은 넓고, 돌아설 듯 날아가며 사뿐히 접어 올린 외씨버선이여"를 표현했을 것이다.

지금은 나이 들어 그때 그 시절을 추억하느라 〈승무〉를 찾아 읽는 심정이다. "오동 잎 잎새"며 "복사꽃 고운 뺨" 등이 참으로 달콤한 추억의 시어들이다. 꿈 많은 신입생 시절 우리를 까무러치게 했던 선생이 너무 일찍 타개했기에 아쉬운 것인지, 〈승무〉가 우리네 핏속에 잠재해 있는 태생적 감정을 추억시켜 줬기 때문인지 진정 아쉬운 노릇이다.

이해인 · 가을 노래

[가을에 생각하게 되는 것들]

이 소박한 한 편의 시가 쓸데없이 바쁜 내 생활 습성을
돌이켜보게 한다. 돌아가신 어머님의 목소리도
들어보고 싶고 멀리 떨어진(물리적으로가
아니라 정신적으로) 친구들도 보고 싶고 그리고
이순의 나이에 가을을 느끼게 해준다.

1943년 서울에서 태어나 미국 MIT에서 공학 박사학위를 받았다. 미국 기계회사에서 기술자로 근무, KAIST 조교수,
대우그룹 경영자로 22년간 근무, 정보통신부 장관을 역임했고, 현재 KAIST 경영학 교수로 재직중이다. 저서로 《기본
으로 돌아가자》 등이 있고, 열다섯 편의 학술 논문, 신문 칼럼도 쓰고 있다.

가을 노래

이해인

하늘은 높아 가고

마음은 깊어 가네

꽃이 진 자리마다

열매를 키워 행복한

나무여 바람이여

슬프지 않아도

안으로 고여 오는 눈물은

그리움 때문인가

가을이 오면

어머니의 목소리가 가까이 들리고

멀리 있는 친구가 보고 싶고

죄 없어 눈이 맑았던

어린 시절의 나를 만나고 싶네

친구여

너와 나의 사이에도

말보다는 소리 없이

강이 흐르게

이제는 우리

더욱 고독해져야겠구나

남은 시간 아껴 쓰며

언젠가 떠날 채비를

서서히 해야겠구나

잎이 질 때마다

한 움큼의 시들을 쏟아내는

나무여 바람이여

영원을 향한 그리움이

어느새 감기 기운처럼 스며드는 가을

하늘은 높아 가고

기도는 깊어 가네

가을에 생각하게 되는 것들

이해인 수녀님이 1978년 발표한 시다. 이 작품 속에는 젊은 수녀님의 감상이 젖어들어 있다. 이 소박한 한 편의 시가 쓸데없이 바쁜 내 생활 습성을 돌이켜보게 한다. 돌아가신 어머님의 목소리도 들어보고 싶고 멀리 떨어진(물리적으로가 아니라 정신적으로) 친구들도 보고 싶고, 그리고 이순의 나이에 가을을 느끼게 해준다.

월드컵이 끝난 이번 가을 학기에는 첨단기술을 어떻게 개발하고 그 결과를 어떻게 판매하는지를 가르칠 예정이다. 첨단기술을 개발하는 방법을 가르치는 교수들은 많아도 판매하는 방법을 가르치는 교수는 많지 않다. 중국과 같은 거대한 시장인 동시에 막강한 생산 지역을 옆에 두고, 줄기차게 새로운 기술을 개발해 내는 일본을 이웃에 둔 우리는 잘 팔기라도 해야 살아 남을 수 있다.

인천 공항을 건설하면서 우리는 아시아의 허브를 꿈꾸었다. CDMA 이동 전화기를 잘 팔면서, 광 대역 통신망을 깔면서 우리는 세계에서 정보통신 강국이 되었다. 미국, 일본에 없는 새로운 마케팅 기법, 고객관리 기법(CRM), 상품개발 완성 기법을 학생들과 토론하며 만들어나가려고 한다. 경쟁은 언제나 나를 조급하게 만든다. 우선 이겨야 한다. 그래서 나는 정보 혁명을, 개방된 시장에서 무한 경쟁을 외치다 보면 삶의 템포를 잃어버린다.

　스무 살이 갓 넘어 유학 간 이후부터는 전문 세계 속에서 경쟁에 찌들어 나는 어머니의 목소리를 잊어버리고 살아왔다. 같이 학교 다니는 동급생들은 친구가 아니라 치열한 경쟁자들이다. 그래서 내가 다닌 학교에는 학벌이 따로 없다. 모두 경쟁자들뿐이다. 상급학교 진학시험, 자격시험, 입사시험에서 특정 학교 출신이라 점수를 우대받아 본 일이 없다. 내 석차는 같이 다니는 동급생들이 못해야 올라간다. 그래도 뜨거운 여름이 지나고 가을이 오면 그때 같이 학교 다니던 친구들이 보고 싶어진다. 내기 골프를 칠 때도 중학교, 고등학교 동창생들과의 게임이 좋다. 지금도 그 동창생들 중에는 만만한 경쟁상대가 하나도 없다.

　첫 번째 시도한 박사학위 자격시험에 실패했을 때 상업고등학교만 나오신 나의 어머니는 공학박사가 무엇인 줄 아시고 아들을 격려하셨을까. 그래도 어머니의 목소리는 어려움을 끝까지 헤쳐나가는 아들에게 얼마나 큰 힘이 되었는지 모른다. 육남매의 맏이로 줄줄이 있는 연년생 동생들에게 밀려 어머니를 엄마라고 불러본 기억이 없다. 그래도 미적분을 모르는 어머니의 목소리가 공학박사 과정을 하는 나에게 얼마나 힘이 되었던가. 교수를 하셨어도 나보다 훨씬 훌륭한 교수가 되셨을 것 같다.

　교육의 본질은 어머니의 말씀이 아니라 목소리에 녹아 있다. 대학 교수를 수년간 해오면서도 내가 가르치는 것이 제자들의 인생에 무슨 도움이 되는가에 대해 회의가 많다. 꽃이 진 자리에 열매를 키워내신 행복한 어머니의 마음을 누가 알았을까?

경쟁에는 고독이 없다. 이기고 지는 것이 있을 뿐이다. 지고 이기는 동안 어느덧 이순의 나이가 되었다. 이제는 남의 얘기도 잘 들어야겠고 겸손해야 한다고 생각하면서도 보잘것없는 몇몇의 작은 성공으로 오만이 앞선다. 이런 것이 나이가 들어가는 것일 게다. 그래서 어머니의 목소리도 가깝게 들리고 멀리 떨어진 친구도 보고 싶은 것일까?

그래도 새로운 이론을 만들고 새로운 기술을 개발하려는 의욕이 앞선다. 남은 시간 아껴쓰고 떠날 채비를 서서히 해야겠지. 잎이 질 때마다 한 움큼의 시를 쏟아내는 나무가 되고 싶은 것은 과욕일까. 아직도 치열한 경쟁을 생각하면 내 마음에 찬바람이 분다. 언제쯤에나 경쟁을 넘어서 시를 쏟아내는 나무가 될 것인지.

내 기도는 아직 얕은데 가을이 감기 기운처럼 스며든다.

성 베네딕도회의 이해인 수녀님은 개인적으로는 만나 뵙기 힘든 분이다. 한번은 우연히 사석에서 만나 뵐 수 있는 행운을 얻었다. 내 아내는 이럴 때마다 하느님의 오묘한 뜻에 감사기도를 드리라고 하지만, 아직도 신앙심이 얕은 나는 그 행운을 그냥 즐겁게 받아들였을 뿐이다. 수녀님은 시인이란 표는 나지 않고 그저 가볍고 명랑한 분으로 보였다. 내가 본 몇 편 안 되는 영화에서도 천주교 성인들은 모두 그런 분들이었다. 김수환 추기경 님도 그런 인상을 주신다. 그래서 나는 천주교가 좋다. 주일마다 미사 집전하시는 우리 신부님은 매우 엄격하지만 말이다.

　이해인 수녀님은 아름다운 꽃에 관한 시를 많이 쓰신다. 그중에도 민들레에 대해서는 시인 아니면 볼 수 없는 것을 보신다. 약 25년 전에 이 젊은 수녀는 어떻게 이순의 나이에 아직도 철이 덜 든 나에게 감동을 주는 시를 쓸 수 있었던 것일까? 아내가 또 하느님의 오묘한 뜻이라 하기 전에 나는 다시 무한 경쟁 세계로 돌아가야 한다. 내가 좋은 시가 주는 감동도 느긋하게 즐기지 못한 채 실속 없이 심각한 얼굴로 무한 경쟁을 외치는 것도 하느님의 뜻이겠지. 내 기도가 깊어지길 빌어야겠다.

김지하 · 타는 목마름으로

[언어를 통한 사회 참여의 전범(典範)]

이제, 예순 살을 넘긴 시인이 무엇을 아직도 목말라하고
있는지는 알지 못한다. 그러나 4년마다 한 번씩 새로
태어나야 하는 삶을 살고 있는 나로서는
'늘 깨어 있어야 하는' '시대의 양심'의 고뇌가
그리 생경하지만은 않다.

1943년 충남 천안에서 태어나 중앙대 정치외교학과를 졸업, 서울대 경영대학원, 연세대 행정대학원, 중앙대 국제경영
대학원, 고려대 언론대학원을 수료, 미국 클리블랜드 주립대학에서 명예 박사학위를 받았다. 제11, 13, 14, 15, 16대 국
회의원, 통일민주당 대변인, 김영삼 총재 비서실장, 대통령 특사를 역임했고, 현재 한나라당 대표최고위원으로 활동중
이다. 저서로 《5 · 18특파원리포트》《쿼바디스 코리아—정치혁신, 대안은 없는가?》 등이 있다.

타는 목마름으로

김지하

신새벽 뒷골목에
네 이름을 쓴다 민주주의여
내 머리는 너를 잊은 지 오래
내 발길은 너를 잊은 지 너무도 너무도 오래
오직 한 가닥 있어
타는 가슴속 목마름의 기억이
네 이름을 남몰래 쓴다 민주주의여

아직 동트지 않은 뒷골목의 어딘가
발자국 소리 호르락 소리 문 두드리는 소리
외마디 길고 긴 누군가의 비명 소리
신음 소리 통곡 소리 탄식 소리 그 속에 내 가슴팍 속에
깊이깊이 새겨지는 네 이름 위에
네 이름의 외로운 눈부심 위에
살아오는 삶의 아픔
살아오는 저 푸르른 자유의 추억

되살아오는 끌려가던 벗들의 피묻은 얼굴

떨리는 손 떨리는 가슴

떨리는 치떨리는 노여움으로 나무판자에

백묵으로 서툰 솜씨로

쓴다.

숨죽여 흐느끼며

네 이름을 남몰래 쓴다.

타는 목마름으로

타는 목마름으로

민주주의여 만세.

언어를 통한 사회 참여의 전범(典範)

주어진 제목이 "나를 매혹시킨 한 편의 시"이지만 솔직히 나는 한 편의 시에 매료될 수 있을 만큼 감성이 풍부한 사람이 못 된다. 대신 인간에게, 김지하라는 시인에게 매료되었음을 실토한다.

시를 제외한 다른 문학을 업으로 하는 사람들은 '가(家)' 자를 붙여 부르면서 유독 '시인'에게만 사람 인(人)자를 붙이는 이유는 무엇일까? 모르긴 해도 다른 문학은 '만들어지는 것'이지만 시는 시인의 가슴 그 자체이기 때문이지 싶다.

내가 대학을 다녔던 60년대 초의 청년문화는 비록 5·16 군사 쿠데타로 좌절되기는 했으나 여전히 4월 혁명정신이 지배하고 있었다. 그 한가운데에 시인 김수영, 신동엽이 있었다.

문학에 대해 아는 바가 별로 없지만 "김수영이 '우렁찬 육성'으로 '참여시'의 틀을 만들었고, 신동엽이 '뜨거운 감개'로 그 속을 메꾸어갔다"는 어느 평자의 분석에 나 역시 전적으로 공감한다. 이들이 나를 포함한 동시대인들을 소년기적 감성에서 청년기적 '의식'으로 인도했다. 나를 '6·3'으로 그리고 훗날의 '민주화 운동'으로 이끌어간 원동력은 그들의 '시대정신'이었다.

1968년에 작고한 김수영, 1969년에 타계한 신동엽이 비워둔 '참여시'의 빈자리를 채운 것이 1970년에 발간된 김지하의 첫 시집 《황토》였다.

시인 김지하는 나보다 2년 연상이지만 운동사적 구분법에 의하면 같은 '6·3세대'에 속한다. 운동사적 '동일 세대'는 같은 시대를 같이 아파했던 사람들로서 '동지적 일체감'이라는 정서를 자연스레 공유하게 된다.

그의 시력이 시작되었던 1970년에 나는 기자 생활을 하고 있었으나 사회부 기자였던 탓에 오다 가다 마주칠 일도 없었다. 게다가 그가 한 권의 시집으로 세상에 나오자마자 군부정권의 탄압이 뒤따랐던 탓에 나에게 있어서 김지하는 처음에는 시인이 아닌 저항 운동가로 다가왔다.

그러나 오래지 않아 김지하는 나의 인식 속에서도 시인으로 확고히 자리잡기 시작했다. 마치 침을 뱉는 듯한 신랄한 언어들로 독자들을 빠른 호흡으로 내모는 김지하의 글은 그 자체로 동시대 청년들이 현실 속에서 겪어내야 했던 정신적 고뇌와 고통의 결정체였고, 공동의 카타르시스였기 때문이다. 그의 저항시가 '의식의 지침'이 되고, 그의 삶이 동시대인들의 사표가 되는 데는 많은 시간이 필요치 않았다.

문학의 사회성을 체득하고, 언어를 통한 '사회 참여'를 어렵사리 추구해 가고 있는 시인은 많다. 그러나 자신의 글과 자신의 삶을 완벽하게 일치시킨 시인은 흔치 않다. 자의였든 타의였든 김지하의 글과 삶은 결코 따로 놀지 않았다. 그는 때로는 사형수로 때로는 무기수로, '시대의 양심'을 자신의 한 몸으로 형상화시켰다. 그의 개인사는 60년대 이후 우리 현대사의 등신대 거울이다.

1982년 오랜 '금서의 세월' 끝에 김지하가 〈타는 목마름으로〉를 들고 불쑥 우리에게 돌아왔을 때 나는 야당 국회의원이 되어 있었다. 문득 알 수 없는 홀가분함이 느껴졌었다. 일면식도 없었지만, 아마도 나는 시인에게 무거운 마음의 빚을 지고 있었던 것 같다. 나 역시 독재 정권에 항거하다가 옥고를 치르기도 했었지만, 그에 비하면 터무니없이 짧은 기간이었다는 것이 이유였는지도 모른다. 아무튼 김지하에 대한 마음의 빚은 비단 나뿐만 아니라 동시대를 아파했던 우리 또래 모두의 공통된 정서이지 싶다.

그때 이후 김지하는 '생명에 대한 연민과 포용'에 침잠했고, 나는 현실 정치 속에서 터를 잡았다. 20년이 지난 지금 나는 장관도 해봤고, 5선 의원이 되어 있다. 김지하가 〈오적〉으로 지목했던 재벌, 국회의원, 고급 공무원, 장성, 장·차관 중에서 두 가지 신분을 경험한 셈이다.

그가 오늘날의 나를 두고, '오적'이라 할지 어떨지는 모르겠으나, 서로 걸었던 길은 달라도 지금 우리가 서 있는 곳이 우리가 청년기에 바라봤던 곳과 그리 멀지는 않다는 것이 나의 생각이다.

8년 전쯤이었지 싶다. 당시 나는 정무장관의 신분이었고, 어떤 행사에서 그와 같이 축사를 했던 적이 있었다. 김지하의 것은 의례적인 축사가 아니라 그 자체로 시였다. 그가 선택한 언어들이 하나하나 살아 있다는 느낌을 받았다. 그는 그때까지도 그 무엇인가에 목말라하고 있었다.

이제, 예순 살을 넘긴 시인이 무엇을 아직도 목말라하고 있는지는 알지 못한다. 그러나 4년마다 한 번씩 새로 태어나야 하는 삶을 살고 있는 나로서는 '늘 깨어 있어야 하는' '시대의 양심'의 고뇌가 그리 생경하지만은 않다.

안경환

오든·법은 사랑처럼

['법'과 '사랑'이라는 두 단어]

원문을 접하게 된 것은 서른이 훨씬 넘어
남의 나라에서 대학생이 되었을 때이다.
웬만큼 산 눈으로 보니 엄청난 대작이었다.
《법학개론》과 《법철학》 교과서를
몽땅 압축한 시가 아닌가?

1948년 경남 밀양에서 태어나 서울대 법대를 졸업했다. 현재 서울법대 학장과 한국헌법학회 회장직을 맡고 있다.
1989년부터 서울대 '법과 문학' 강좌를 개설하여 담당하고 있다. 저서로 《미국법의 이론적 조명》《판례 교재 헌법2》
《법과 문학 사이》《법과 영화 사이》 등이 있다.

법은 사랑처럼

오든

농부들은 말하네,
법은 태양이라고
우리 모두가 따라야 하는
어제도 오늘도 내일도.

법은 어른의 지혜
노쇠한 할아버지 엄하게 꾸짖으면
손자놈 혀 빼물고 대꾸하네
법은 젊은이의 감각이라고.

성자 같은 표정으로 사제는 이르네
속인들이여 들어라,
법은 내 이 경전 속 말씀
법은 내 설교단이며 첨탑이라고.

으스대며 재판관은 말하네,
분명하고도 엄격한 어조로.
법이란 내 항시 말하기에
짐작컨대 그대들도 잘 알리라
한 번 더 되풀이해서 말하자면
법은 법이다.

하지만 법학자들은 말하네,
법이란 옳은 것도 그른 것도 아니며
때와 장소에 따라 처벌되는
범죄들일 뿐,
법은 일상으로 입는 옷
법은 아침저녁 나누는 인사.

어떤 이는 말하네,
법은 우리의 운명.
어떤 이는 말하네,
법은 우리의 국가.
또 어떤 이는 이렇게도 말하네,
법은 사라졌고 죽어버렸다고.

언제나 소란하고 성난 군중들은
몹시 성나고 소란스러운 목소리로 외치네,
법은 우리다.
유순한 바보는 나직하게 말하네,
법은 바로 나다.

사랑하는 이여,
만약 우리가 법이 무엇인지를
그들 이상 알지 못함을 우리 안다면,
법이 존재한다는 것을
기쁘게든 혹은 슬프게든
모든 이가 수긍하고
또 모두가 그것을 안다는 것 이외에
우리가 할 일과 해서는 안 될 일을
그대처럼 나도 모른다면,
그리하여 법을 다른 말로 정의하는 것이
부질없는 일이라 생각하는 나는
그 많은 사람들이 하듯 또다시

법이란 이것이라고 말할 수 없다면,

어림잡아 말한다거나

각자의 입장에서 벗어나

태연자약하고픈 보편적인 욕망을

그들처럼 우리도 억누를 수 없네.

내 비록 완곡하게

유사점을 읊조리는 것으로

그대와 나의 헛된 꿈을

묻어두려 하지만,

그래도 우리 자랑스럽게 말하리,

법은 마치 사랑 같다고.

사랑처럼 어디 있는지

왜 있는지 알지 못하고

사랑처럼 억지로는 안 되고

벗어날 수도 없는 것.

사랑처럼 우리는 흔히 울지만

사랑처럼 대개는 못 지키는 것.

‘법’과 ‘사랑’이라는 두 단어

대학교 2학년 때의 일로 기억된다. 우연히 옆자리 친구의 노트를 곁눈질하게 되었다. 아직 재미를 붙이지 못한 ‘XX법’ 강의가 지루했던 탓도 있었지만 평소에 그 친구에 대해 가지고 있던 남모를 선망의 염을 품고 있었기 때문이다. 신입생 시절부터 그 친구는 뭔가 달라 보였다. 딱하니 꼬집어낼 수는 없지만 일종의 ‘궁핍한 세련미’ 같은 체취를 몰고 다녔다. 어쨌든 그는 일도일념(一道一念) 법학도가 아닌 것만은 분명했다. 그것만으로도 신선한데 들리는 말에 의하면 그의 친형은 당시 대학생들 사이에 가히 신화적인 인기를 얻기 시작한 소설가라고 하지 않는가? 마치 미대생의 도안글씨를 연상시키는 반듯반듯한 글체에서도 세련미가 물씬거렸다.

〈법은 사랑처럼〉 – W. H. Auden

사랑처럼 어디 있는지 왜 있는지 알지 못하고

사랑처럼 억지로도 안 되고 벗어날 수도 없는 것

사랑처럼 우리는 흔히 울지만 사랑처럼 대개는 못 지키는 것.

주인에게 들켰다. 민망스러워 ‘아우덴’이 누구냐고 물었더니 약간 한심하다는 듯이 ‘오든’이라고 고쳐주었다. 무안했다. 좀 베끼자고 말하고 싶었지만 자존심이 상해 그냥 흘려 넘겼다. 마지막 연(聯)만 눈으로 기억해 두었다.

장래에 대한 구체적인 꿈이나 계획도 없이 막연히 법대에 들어온 나였다. 별다른 특징 없이 성적이 무난한 학생이 걸었던 전형적인 길이었을 것이다. 그러나 유소년 시절 한때 백일장을 나들이하던 '문학소년' 의 치기가 남아 있어 문학에 대한 향수를 지울 수 없었던 모양이다. 그래서 그런지 '법'과 '사랑' 이라는 두 단어를 한데 묶어도 시가 된다는 신기한 사실만은 10여 년 동안 내 머릿속 어딘가에 방점으로 남아 있었다.

원문을 접하게 된 것은 서른이 훨씬 넘어 남의 나라에서 대학생이 되었을 때이다. 웬만큼 산 눈으로 보니 엄청난 대작이었다. 《법학개론》과 《법철학》 교과서를 몽땅 압축한 시가 아닌가? 알고 보니 저자도 엄청난 대가라고 한다. 영국의 계관시인이라는 타이틀만으로도 족한데 하버드 교수를 지내다가 죽었다고 한다. 게다가 유럽을 떠난 직접적인 이유는 프랑스의 문인 장 콕토와 벌인 동성애 때문이라는 가십도 양념거리다. 학과 과정으로 영시를 배우느라 헤매던 시절에도 이 시에 대해서만은 내가 클라스의 주인이 될 수 있었다. 세월의 값과 무게 때문이겠지. 전편을 통해 엮어진 기막힌 각운(脚韻)이 더욱 감칠맛 난다.

Like love we often weep

Like love we seldom keep

친구의 노트를 눈도둑질한 그 봄날 이후 수십 년이 흘렀다. 법 때문에,

사랑 때문에 흔히 울기도 웃기도 한 날들이었다. 마흔에 교수가 되어 나 스스로도 대개는 못 지키는 것을 세상에 대고 요구하는 일을 부업으로 삼았다. 첫 칼럼집 제목으로 한 번 더 도둑질했다. 《법은 사랑처럼》. 지난 15년 동안 해온, 이 땅에서 법과 문학이라는 어설픈 지적 작업의 뿌리도 바로 이 시이다. 드디어 고등학교 공통사회 교과서에도 수록되었다.

이제는 많은 사람이 이 시의 존재를 알게 되었다. 그러나 감동받기는 쉽지 않을 것이다. 왜냐하면 살아 봐야만 하는데 살아본 사람은 대체로 시를 읽지 않기 때문이다. 해마다 새 학생들을 맞이한다. 철없는 치기가 아름답기도 하지만 때때로 버릇없음에 마음 상한다.

그때마다 이 시의 구절에서 위안을 찾는다.

법은 어른의 지혜
노쇠한 할아버지 엄하게 꾸짖으면
손자놈 혀 빼물고 대꾸하네
법은 젊은이의 감각이라고.

엄상익

푸슈킨 · 삶

[지나가버린 것 그리움이 되리라]

영원과 교신하는 안테나를 가지지 못한 나는
절망에 젖는다. 가난하고 깨끗한 시인의 생애를
칭찬하면서도 나는 이글거리는
탐욕의 쇠사슬에서 조금도 벗어나지 못한다.

1954년 경기 평택에서 태어나 고려대 법대를 졸업했다. 제3회 군법무관시험에 합격, 제24회 사법고시 합격, 군판사를 역임했고, 변호사 사무소를 개업, 전과자 사설 보호시설 '성애원'을 운영하고 있다. 저서로 《연탄 구루마》《욕심그릇이 작을수록 자유롭다》《엄변호사가 쓴 대도 조세형》《탈주범 신창원》《임종연습》《엄마 합의합시다》 등이 있다.

삶

푸슈킨

삶이 그대를 속일지라도
슬퍼하거나 노하지 말라!
우울한 날들을 견디면 믿으라,
기쁨의 날이 오리니.

마음은 미래에 사는 것
현재는 슬픈 것
모든 것은 순간적인 것,
지나가는 것이니
그리고 지나가는 것은 훗날 소중하게 되리니.

삶이 그대를 속일지라도
젊고 달콤한 희망에 숨쉬며
언젠가 영혼이 썩는 육신에서 빠져나와
한결같은 그리움, 기억, 사랑을 끝없는 창공으로
가져간다고 믿는다면—

맹세코! 난 오래전에 이 세상을 버렸으니

삶을, 흉한 우상을 부수고

자유와 즐거움의 나라로 떠났으리

죽음이 없고, 편견도 없는 나라,

오직 창공의 순수함 속에 그리움만이 흐르는 그곳으로……

그러나 이 바람은 헛것이고 무력한 것을

내 이성은 고집스레 내 희망을 경멸하고……

무덤 뒤 나를 기다리는 것은 아무것도 없다고……

전연 아무것도 없다고!

그리움도, 첫사랑조차도!

무섭다……?

슬프게 다시 삶을 바라보며

나는 오래 살고 싶어진다.

내 우울한 영혼 속에 사랑하는 이의 모습이 감추어져 오래 불타라고

지나가버린 것 그리움이 되리라

초등학교 4학년의 가을 어느 날이었다. 교육대학교를 갓 졸업하고 부임한 담임선생님이 방과 후 교실에 혼자 남으라고 했다. 나는 창밖으로 텅 빈 운동장을 내다보며 적막한 교실에 앉아 있었다. 선생님은 교실로 와서 교탁 위에 있던 노란 국화가 가득 담긴 꽃병을 내 앞 책상 위에 올려놓았다.

"내가 30분 후에 올 테니까 그동안 이 국화만 보거라. 그리고 무엇을 느꼈는지 내게 말해 줘."

어렸던 나는 잡혀 있는 게 싫었다. 빨리 지겨운 학교를 빠져나가고 싶었다. 만화가게도 가고 싶고 군것질도 하고 싶었다. 그런 잡념이 내 머릿속을 어지럽히더니 서서히 잦아들기 시작했다. 갑자기 콧속으로 그윽한 향기가 들어왔다. 나에게 다가온 첫 느낌은 은은하고 깊은 냄새였다. 그 다음으로 나의 눈에 노란 국화잎이 보이기 시작했다. 교실 구석에 있을 때는 그저 무채색으로 내 눈에 보이지 않던 맑은 노랑의 빛이 눈부시게 내 눈에 담겼다.

그 다음 국화는 적막한 교실이었고 가을이었다. 한참 만에 선생님이 조용하게 교실로 돌아왔다. 선생님은 나를 당신 책상 옆으로 데리고 가더니 서랍 속에서 대학노트 한 권을 꺼냈다. 선생님이 펼치는 노트의 한 장 한 장에는 펜글씨로 정성스럽게 써나간 그의 시들이 빼곡이 들어 차 있었다. 직업이 교사지만 그의 본질은 시인이었다. 내가 처음 본 시인의 모습이었다. 그러나 교사시인은 가난했다. 나도 가난한 샐러리맨의 아들이었다. 나는 보장된 빵을 위해 법쟁이가 되려고 방향을 설정했다. 대학입시가 한창 치열하던 시절이었다. 좋은 대학은 좋은 직업과 행복의 자격증이었다. 성적이 좋지 않았던 단순한 성격의 나는 짙은 절망감에 젖었었다. 그러던 어느 날 문득 싸구려 음식점 벽에 걸려 있던 시가 꿈틀거리면서 내 눈으로 들어왔다.

삶이 그대를 속일지라도
슬퍼하거나 노하지 말라!
우울한 날들을 견디면 믿으라,
기쁨의 날이 오리니.

마음은 미래에 사는 것
현재는 슬픈 것
모든 것은 순간적인 것,
지나가는 것이니
그리고 지나가는 것은 훗날 소중하게 되리니.

메마르고 갈라터진 나의 가슴 밑바닥으로 생명수가 흘러드는 느낌이었다. 고등학교 3학년 수준 정도 되는 마음의 프리즘으로 시를 보고 위로를 얻었다. 그러나 시인의 깊은 영혼은 세월에 따라 조금씩 더 보였다. 현실의 생활은 스크린 위에서 긴박하게 명멸하는 영화 속의 장면이었다. 나의 본질은 무색의 스크린 그 자체다. 그런데 그걸 망각하고 거기에 비치는 순간 장면에 속아 울고 화내곤 했었다. 항상 화려한 미래만을 상상하면서 현실을 우울하게 채색해 왔다. 시인 푸슈킨은 지나가면 그리움이 되고 마는 현실을 제대로 보라고 지금도 내게 알려주고 있다.

끝없는 아라비아 사막에 사는 사람들에게 최고의 보배는 시라고 한다. 바람에 물결치는 모래 위에서는 예술적인 조각도 건축도 힘들다. 끝없이 유랑하는 텐트 안에서 그림을 그릴 수도 없었다. 그러나 그들에게는 밤하늘에 보석같이 박힌 영롱한 별들과 가슴 시린 서늘한 달을 보면서 만든 언어의 연금술인 시가 있었다. 낙타 발걸음을 운율 삼아 만든 그들만의 시가 있었다. 타는 듯한 태양과 사막의 용광로 속에서 진주 같은 시는 탄생한 것이었다.

길거리에 떨어진 낙엽을 치우는 청소부시인은 아름답다. 깜깜한 바다 위에서 물고기 떼를 기다리는 어부시인은 깊다. 산사에서 기도하는 승려시인도 정갈하다. 시인이라는 단어는 모든 직업을 정화하는 기능을 가진 것 같다. 시인은 청빈한 삶으로 다른 사람의 영혼을 살찌게 한다. 나는 그런 시인이 되고 싶다. 그러나 영원과 교신하는 안테나를 가지지 못한 나는 절망에 젖는다. 가난하고 깨끗한 시인의 생애를 칭찬하면서도 나는 이글거리는 탐욕의 쇠사슬에서 조금도 벗어나지 못한다.

청계천 헌책방을 순례하다가 오래전에 죽은 김홍섭 판사의 수상집을 구해 읽은 적이 있다. 그가 쓴 작은 글 하나에서 나는 정결한 시인의 죽음을 발견했다. 독실한 가톨릭 교인이던 그는 어느 날 미사가 끝난 후 신부로부터 지난 밤 한 신도가 저세상으로 갔으니 도와주라는 말을 들었다. 김홍섭 판사는 필운동 고개를 막 넘어서 있는 작은 골목으로 갔다.

찌그러져가는 작은 집 함석문을 열고 들어갔다. 손바닥만 한 좁은 마루를 가운데 두고 작은 안방과 건넌방이 있었다. 창 하나 없는 안방에는 작은 책상과 얼마의 시집들이 윗목에 놓여 있었다. 아랫목의 얇은 요 위에는 어디서 많이 본 듯한 핏기 잃은 여자가 반듯하게 누워 있었다. 그가 모가지가 길어서 슬픈 짐승이었던 시인 노천명이었다.

얼마 전 나는 훌쩍 시베리아로 떠났었다. 대륙을 가로지르는 횡단열차를 타고 가면서 러시아의 문인들과 만나고 싶었다. 혁명을 기도하다가 유배 간 청년 장교들의 오래된 통나무집 벽 그림에서 톨스토이를 보기도 했다. 크고 작은 도시의 거리 이름으로, 동상으로 시인 푸슈킨은 아직도 살아서 거리를 활보하고 있었다. 결투에서 총알에 가슴을 뚫린 후 시인은 러시아 인의 마음속에 들어가 살고 있는 것이다. 시인들의 삶과 죽음 그 자체는 하나의 종이를 벗어난 또 하나의 행동하는 시였다.

생활의 때가 가득 끼어 가슴이 답답할 때면 나는 종종 죽은 시인들을 만나러 가기도 한다. 페테르부르크의 네바 강 옆의 푸슈킨 박물관을 향하기도 했다. 모스크바의 아르바트 거리에서 혼자 산책하는 시인을 만나기도 하고 미녀 아내와 손을 잡고 좋아하는 푸슈킨을 바라보기도 했다. 뜨거운 한여름 시내를 건너고 자갈길을 걸어 산중턱에 조용히 누워 있는 김삿갓의 묘에 참배를 가기도 했다. 그 많은 임금, 영의정과 벼슬아치들은 다 망각됐어도 모든 것을 훌훌 털어버리고 삼천리 방방곡곡을 떠다니던 시인 김삿갓은 아직도 그곳에 살아 있으면서 술 한잔 달라며 허허로운 웃음을 웃는 것 같았다. 며칠 전 인사동 골목의 찻집 '귀천'을 찾았다.

시인의 아내는 여전히 구석에서 대추차를 정성껏 끓이고 있었다.

가장 가난했던 천상병 시인은 〈행복〉이라는 시에서 자신이 세계에서 제일 행복한 사나이라고 자랑했었다. 아내가 찻집을 경영해서 생활의 걱정이 없고, 시인이니 명예욕도 충분하고, 예쁜 아내니 여자 생각도 없고, 아이가 없으니 뒤를 걱정할 필요도 없고, 막걸리를 좋아하는데 아내가 다 사주고, 이 우주에서 가장 강력한 하느님이 나의 빽이니 무슨 불행이 온단 말인가라고 그는 노래했었다. 나는 빵에서 벗어난 시인의 자유가 정말 부럽다.

유신종

나딘 스테어 · 인생을 다시 산다면

[다음번에는 더 많은 실수를 저지르리라]

이 시는 나에게 실수를 두려워하지 않는 여유를 갖게
해주었다. 마음이 급할수록 실수할 확률은 높아진다.
그러나 마음의 여유를 갖고 보니 어떤 위기에 당면했을
때 오히려 실수는 줄어들었고, 생각이 맑아지며 문제의
핵심이 보이고 자연스레 해결책을 찾을 수 있게 되었다.

1962년 서울에서 태어나 하버드대 컴퓨터공학과를 졸업했다. 미국 리튼데이터시스템스(Litton Data Sys., USA), 미
국 IBM 시스템 컨설턴트, 한국 PPC(Pan Pacific Corp. Korea)에서 동아시아 담당 총괄이사를 역임했고, 현재 (주)
코리아텐더 대표이사로 재직중이다.

인생을 다시 산다면

나딘 스테어

다음번에는 더 많은 실수를 저지르리라

긴장을 풀고 몸을 부드럽게 하리라

이번 인생보다 더욱 우둔해지리라

가능한 한 매사를 심각하게 생각하지 않을 것이며

보다 많은 기회를 붙잡으리라

여행을 더 많이 다니고 석양을 더 자주 구경하리라

산에도 더욱 자주 가고 강물에서 수영도 많이 하리라

아이스크림은 많이 먹되 콩 요리는 덜 먹으리라

실제적인 고통은 많이 겪을 것이나

공상적인 고통은 가능한 한 피하리라

보라. 나는 시간시간을, 하루하루를

의미 있고 분별 있게 살아가는 사람의 일원이 되리라

아, 나는 많은 순간들을 맞았으나 인생을 다시 시작한다면

그러한 순간들을 많이 가지리라

사실은 그러한 순간 외에는 다른 의미 없는

시간들을 갖지 않도록 애쓰리라

오랜 세월을 앞에 두고 하루하루를 살아가는 대신

순간만을 맞으면서 살아가리라

나는 지금까지 체온계와 보온물병, 레인코트, 우산이 없이는

어느 곳에도 갈 수 없는 그런 무리 가운데 하나였다

이제 인생을 다시 살 수 있다면 이보다

장비를 간편하게

갖추고 여행 길에 나서리라

내가 인생을 다시 시작한다면

초봄부터 신발을 벗어던지고

늦가을까지 맨발로 지내리라

춤추는 장소에도 자주 나가리라

회전목마도 자주 타리라

데이지 꽃도 많이 꺾으리라

다음번에는 더 많은 실수를 저지르리라

나는 이 시를 병상에 누워서 알게 되었다.

지난 2001년 8월, 나는 한 기업의 대표이사로 재직하며 세상에서 제일 바쁜 사람처럼 하루를 살았다. 빈틈없이 짜여진 회사 업무, 개인적인 스케줄, 음주를 동반한 대인관계 등등……. 그러다가 회사 업무와 관련해 큰 실수를 범했고, 그 실수에 대한 심적 고통과 과도한 스트레스 및 신경과민으로 안면근육이 마비되는 '구안와사'라는 병에 걸리고 말았다. 결국 병원 신세를 지게 되었고 업무와는 일체 신경을 끊고 병원에 누워 있어야만 했다.

하루를 정신없이 보내던 사람이 병원에 누워 있으려니 답답하고 무료하기만 했다. 그때 아내가 《좋은 생각》이란 잡지에 소개된 〈인생을 다시 산다면〉이란 시를 읽어주었다. 아내가 읽다가 내가 꼭 봐야 할 시인 것 같다며 병상에 누워 있던 내게 읽어주었다.

이 시를 처음 접한 순간의 그 감흥을 나는 아직도 잊지 못한다. 그때의 느낌은 이전에는 느껴본 적이 없는 전혀 새로운 충격이었다.

이 시의 구절구절, 단어 하나하나가 병원에 누워 있는 나에게 너무나 절실히 다가왔다. 나는 내가 범한 실수로 심적 고통과 스트레스를 받아 병원 신세를 지고 있고, 병상에서도 내가 저지른 실수에 대해 후회하고, 앞으로 어떻게 해야 이러한 실수를 반복하지 않을까 고민하고 있는데……. 이 시인은 시의 첫 소절에서 "다음번에는 더 많은 실수를 저지르리라" 하고 당당하게 말하고 있다.

병원에 누워 〈인생을 다시 산다면〉을 몇 번이나 읽으며 이 시를 쓴 '나딘 스테어'란 시인에 대해 나름대로 상상해 보았다. 아마 이 시인은 불치병 등으로 사망선고를 받고 죽음을 눈앞에 둔 상황에서도 시인이 꼭 가보고 싶었으나 바빠서 가지 못했던 장소에 가 시를 썼을 것이다.

아마 나이는 자기 명보다 더 일찍 찾아온 죽음에 대해 미련과 아쉬움이 많은 60세 전후였을 것이다. 이 시인은 비록 외국인이지만 먹고 싶은 것을 먹지 못하고, 가고 싶은 곳도 가지 못하고, 하고 싶은 것을 하지 못했던 평범한 인생을 살았던 사람으로 우리나라의 50대 이상의 세대를 연상케 하는 친근감을 느끼게 했다.

그러면서 삶의 끝을 앞두고 지난 추억을 그리워하는 사람 그리고 지나온 삶에 대한 진한 사랑을 간직한 사람이다.

대부분 사람들이 자신이 살아온 날들을 회상하면 미련이나 후회가 남는 것은 두 가지 이유라고 생각한다. 해보지 못한 것에 대한 미련, 하지 않았어야 하는 것에 대한 후회. 이 시에는 이러한 해보지 못한 것에 대한 미련과 하지 않았어야 했던 것에 대한 후회가 모두 담겨 있다.

우리는 어렸을 때부터 교육을 받으며 실수를 하지 말라고 배웠다. 어렸을 때 실수하면 꾸지람을 듣고 심하면 매까지 맞고 자랐다. 커서도 실수는 인생을 망친다는 생각에 사로잡혀 있다. 그러다 보니 실수를 안 하기 위해 노력하고 이러한 삶의 패턴이 정착되었다. 조금이라도 실수할 것 같으면 우회하고, 새로운 것에 도전하지 않고, 안정적인 길만을 찾게 되었다.

내 인생도 실수하지 않기 위해 요리조리 피해 다닌 인생이었다. 이러한 나에게 "다음번에는 더 많은 실수를 저지르리라"는 구절이 처음에는 이해되지 않았다.

'실수를 하는 것이 나에게 무슨 도움이 되겠는가?' '나는 지금 그 때문에 고통을 겪고 있는데……' 라는 생각만을 했다.

그러나 이 시를 음미하며 '시인이 이러한 이야기를 자신 있게 할 수 있는 배경에는 인생을 돌이켜볼 때, 지금처럼 실수를 하지 않기 위해 발버둥 치는 것보다 실수로 인해 얻는 것도 많다는 것을 암시하는 것' 이란 생각이 들었다.

일리가 있다고 생각된다. 우리나라 속담에도 "실패는 성공의 어머니"라는 말이 있지 않은가. 살아가는 과정에서 실수는 불가피한 것이며 실수와 실패를 거듭하는 과정에서 그 순간은 고통스럽지만 이것을 통해 얻는 것은 무엇과도 바꿀 수 없는 값진 것이다. 실수를 하지 않으려고 하다 보면 어떤 새로운 것에 대한 도전을 하지 않게 된다. 그래서 남들이 가본 길만 따라가게 되고, 따분하고 무미건조한 삶이 된다. 실수가 없는 삶은 순간적으로는 평탄할지 모르지만 죽음을 앞둔 상황에서 돌이켜본다면, 실수로 인한 추억마저 부족한 것이 아쉬움으로 남지 않을까?

시인은 우리에게 "인생은 영원할 것 같지만 그리 길지 않다. 죽음을 앞두고 후회하지 말고 많은 추억을 만들라"고 이야기한다.

이 시는 나에게 실수를 두려워하지 않는 여유를 갖게 해주었다. 마음이 급할수록 실수할 확률은 높아진다. 그러나 마음의 여유를 갖고 보니 어떤 위기에 당면했을 때 오히려 실수는 줄어들었고, 생각이 맑아지며 문제의 핵심이 보이고 자연스레 해결책을 찾을 수 있게 되었다.

과거 내가 없으면 회사가 운영되지 않을 듯했고, 지구가 돌아가지 않을 것처럼 느껴지던 것들이, 잠시 일에서 손을 떼고 나의 시간을 갖고 한발짝 떨어져 회사를 보니 큰 그림이 보이고 미래를 구상할 수 있는 여유가 생겼다.

또한 과거에는 회사에서 직원들이 새로운 것을 시도하려 하면 부정적인 결과에 대한 두려움이 앞섰다. 물론 지금도 시작한 일이 성공할 수 있도록 최선을 다하지만, 설사 그 일의 결과가 좋지 않더라도 부정적인 생각보다는 무엇인가 배우고 얻은 것을 찾고 긍정적으로 사고하며 새로운 시도를 격려하고 장려하게 되었다.

퇴원하자마자 회사 직원들에게 이 시를 메일로 보냈다. 그 후 몇몇 지인들에게도 이 시를 소개했다.

내 자신이 지치고 또다시 마음이 성급해진다면 나는 이 시를 읽고 마음의 여유를 찾을 것이다.

"감정은 현실만을 보고 이성은 시간과 미래 전체를 본다."

얼마 전 어디에선가 읽은 이 문구가 가슴에 와 닿았다. 오늘도 이 글을 쓰며 다시 한 번 시를 음미하고 또 한 번 인생의 여유를 갖는다.

자! 나가자!

이 시인처럼 죽음을 눈앞에 두고서야 후회하지 말고 먹고 싶은 것을 먹고, 가고 싶은 곳에 가보고, 하고 싶은 것을 하며 인생을 여유롭게 살자!

이만섭

이상화 · 나의 침실로

[저항시인의 탐미적이고 서정적인 시]

내가 상화 선생의 시에 매료된 것은 그의 시에는 저항성과
민족성 못지않게 인생에 대한 깊은 고뇌와 탐구가 깊게
배어 있는 데 그 이유가 있다. 그의 시어(詩語)는 참으로
감각적이며, 시상은 탐미적이고 서정적이다.

1932년 대구에서 태어나 연세대 정치외교학과를 졸업했다. 《동아일보》 정치부 기자, 주일 · 주미 특파원, 제6대 국회
의원에 당선, 한국국민당 총재, 제14대 국회의장, 국민신당 총재, 새정치국민회의 총재권한대행, 제16대 국회의장을
역임했고, 현재 새천년민주당 국회의원으로 활동중이다. 저서로 《혈육을 만나게 하자》《제3의 정치인》《증언대》《불꺼지
지 않는 의사당》《날치기는 없다》 등이 있다.

나의 침실로

이상화

가장 아름답고 오랜 것은 오직 꿈속에만 있어라 : 내 말

'마돈나' 지금은 밤도 모든 목거지에 다니노라 피곤하여 돌아가려는도다
아, 너도 먼동이 트기 전으로 수밀도(水蜜挑)의 네 가슴에 이슬이 맺도록 달려
오너라.

'마돈나' 오려무나. 네 집에서 눈으로 유전(遺傳)하던 진주(眞珠)는 다 두고 몸만
오너라.
빨리 가자, 우리는 밝음이 오면 어딘지 모르게 숨는 두 별이어라.

'마돈나' 구석지고도 어둔 마음의 거리에서 나는 두려워 떨며 기다리노라.
아, 어느덧 첫닭이 울고—뭇 개가 짖도다. 나의 아씨여! 너도 듣느냐.

'마돈나' 지난 밤이 새도록 내 손수 닦아둔 침실로 가자, 침실로!
낡은 달은 빠지려는데 내 귀가 듣는 발자국—오, 너의 것이냐?

'마돈나' 짧은 심지를 더우잡고 눈물도 없이 하소연하는 내 마음의 촉(燭)불을 봐라.
양털 같은 바람결에도 질식(窒息)이 되어, 얕푸른 연기로 꺼지려는도다.

'마돈나' 오너라. 가자 앞산 그리매가 도깨비처럼 발도 없이 이곳 가까이 오도다.
아, 행여나 누가 볼는지— 가슴이 뛰누나 나의 아씨여, 너를 부른다.

'마돈나' 날이 새련다. 빨리 오려무나, 사원(寺院)의 쇠북이 우리를 비웃기 전에.
네 손에 내 목을 안아라. 우리도 이 밤과 같이 오랜 나라로 가고 말자.

'마돈나' 뉘우침과 두려움의 외나무다리 건너 있는 내 침실, 열 이도 없으니!
아, 바람이 불도다. 그와 같이 가볍게 오려무나, 나의 아씨여, 네가 오느냐?

'마돈나' 가엾어라, 나는 미치고 말았는가, 없는 소리를 내 귀가 들음은…….
내 몸에 피란 피—가슴의 샘이 말라버린 듯 마음과 몸이 타려는도다.

'마돈나' 마돈나 언젠들 안 갈 수 있으랴, 갈 테면 가자. 끄을려가지 말고!
너는 내 말을 믿는 '마리아' —내 침실이 부활(復活)의 동굴(洞窟)임을 네야 알련
만…….

'마돈나' 밤이 주는 꿈, 우리가 얽는 꿈, 사람이 안고 궁그는 목숨의 꿈이 다르지 않
느니.
아, 어린애 가슴처럼 세월 모르는 나의 침실로 가자, 아름답고 오랜 거기로.

'마돈나' 별들의 웃음도 흐려지려 하고, 어둔 밤 물결도 잦아지려는도다.
아, 안개가 사라지기 전으로 네가 와야지 나의 아씨여, 너를 부른다.

저항시인의 탐미적이고 서정적인 시

나의 고향 대구 달성공원에는 상화(尚火) 이상화(李相和) 선생의 시비(詩碑)가 세워져 있다. 1948년 3월 우리나라 최초로 세워진 시비인 상화시비(尚火詩碑)에는 선생의 의로운 기록과 함께 〈나의 침실로〉의 1절이 새겨져 있어 그의 족적을 더듬게 해주고 있다.

'마돈나' 밤이 주는 꿈, 우리가 얽는 꿈, 사람이 안고 궁그는 목숨의 꿈이 다르지 않느니.
아, 어린애 가슴처럼 세월 모르는 나의 침실로 가자, 아름답고 오랜 거기로.

나는 40여 년의 정치 역정 동안 난관에 부딪혀 고독할 때면 달성공원을 찾아 상화시비에 새겨진 〈나의 침실로〉를 암송하곤 했다. 특히 3선개헌을 반대했다는 이유로 권력의 정치보복을 받아 1970년대에 10여 년의 정치 공백을 강요당하여 실업자(?)가 되었을 때 달성공원을 거닐며 다시 일어서야겠다는 다짐을 하면서 상화 선생의 시비에 새겨진 〈나의 침실로〉의 시구를 소리내어 읽어내리곤 했다.

상화 선생은 나의 모교인 대륜중학교(大倫中學校)와 큰 인연이 있는 분이다. 1902년 대구에서 출생한 상화 선생은 1937년부터 대륜중학교의 전신인 교남학교(嶠南學校)에서 영어와 작문을 가르치셨으며 43세의 일기로

돌아가시기까지 민족시인으로서, 항일운동가로서 그리고 민족교육자로서
큰 존경을 받았다.

선생은 3·1운동 때 대구학생봉기를 주도하다 발각돼 고초를 겪었고 의
열단 사건에 연루, 구금되기도 했으며 무엇보다 빼앗긴 나라를 되찾기 위
해서는 교육과 인재 양성이 급선무임을 일찍 간파하셨다.

상화 선생은 민족학교이자 가난한 사학이었던 대륜학교의 사정을 감안,
3년간의 교편생활 동안 완전 무보수로 한 푼의 월급도 받지 않았다. 또한
우리 민족이 약소국에서 벗어나 일본에 이기려면 정신 못지않게 힘도 길
러야 한다며 우리나라 중학교로서는 처음으로 권투부를 창설하기도 했다.
그때 상화 선생은 "피압박 민족은 주먹이라도 굵어야 한다"는 유명한 말
을 남기기도 했다.

독립투쟁의 가문에서 자란 탓인지 선생의 시에는 민족의식이 짙게 배어
있으며, 지금도 우리들의 가슴속에는 으뜸가는 항일 민족시인으로 깊이
각인되어 있다.

특히 1926년 《개벽》 제6월호에 발표된 〈빼앗긴 들에도 봄은 오는가〉는
그의 저항성과 민족정신을 보여주는 대표작이다.

　　지금은 남의 땅—빼앗긴 들에도 봄은 오는가
　　나는 온몸에 햇살을 받고 푸른 하늘 푸른 들이 맞닿은 곳으로
　　가르마 같은 논길을 따라 꿈속을 가듯 걸어만 간다.

민족적 아픔을 안고 온몸과 가슴으로 쓴 작품 〈빼앗긴 들에도 봄은 오는가〉를 조국에 바쳤던 상화 선생은 정녕 한 시대를 고뇌하며 살아왔던 전형적인 한국의 저항시인이며 민족시인이었다.

그러나 내가 상화 선생의 시에 매료된 것은 그의 시에는 저항성과 민족성 못지않게 인생에 대한 깊은 고뇌와 탐구가 깊게 배어 있는 데 그 이유가 있다. 그의 시어(詩語)는 참으로 감각적이며, 시상은 탐미적이고 서정적이다.

그의 시혼(詩魂)은 그가 17세 때 쓴 처녀작 〈나의 침실로〉에서 바로 절절히 드러난다.

하나의 연이 각각 2행으로 구성된 12연의 연시, 〈나의 침실로〉를 보면 시인 상화는 현실적 비애에서 벗어나 아름답고 영원한 안식처를 희구하고 있다. 이 시는 조국의 상실과 민족의 해방을 노래한 사회적 저항의 시로 볼 수도 있으나, 개인적인 사랑과 애욕을 노래한 서정적 성격도 강하게 풍겨나온다.

미지의 아름다운 세계를 동경하는 시인의 세계관이 표현된 이 시의 시어들은 애매성과 다의성을 갖고 있다. 이 시에 나오는 '마돈나' 는 성모 마리아일 수도 있고 사랑하는 어느 젊은 여인으로 해석할 수도 있으나 공통된 상징 의미는 '구원의 여성' 이라고 할 수 있다. 이 시에는 마돈나를 기다리고 갈망하는 사랑의 애절함과 안타까움이 효과적으로 표출되어 있다. '침실' 또한 현실 도피처, 안식처, 조국의 광복 등으로 다양하게 해석될 수 있으나 꿈과 부활의 동굴로서의 의미도 갖고 있다.

또한 상화 시 중에는 사랑과 열정과 이별을 노래한 시들도 있다. 〈금강송가〉, 〈역천〉, 〈이별〉 등이 바로 그것이다. 이중 상화 선생께서 동경 시절에 사귀었던 유보화라는 여인이 1926년 함흥에서 폐병으로 생명을 다해 상화의 무릎에 얼굴을 파묻고 눈을 감았을 때 노래한 〈이별〉이라는 시에는 그의 사랑과 열정, 슬픔이 고스란히 묻어 있다.

어쩌면 너와 나 떠나야겠으며 아무래도 우리는 나눠야겠느냐? 우리 둘이 나뉘어 미치고 마느니 차라리 바다에 빠져 인어(人魚)로 되어 살자.

그의 시 〈이별〉의 마지막 연은 그가 얼마나 서정적이고 열정적인가를 여실히 보여주고 있다.

민족시인, 서정시인 상화 선생은 교육, 문화사업에 열정을 쏟으며 짧은 인생 후반기를 보내다가 1943년 3월 21일 세상을 떠났다. 특히 그는 세상을 떠나기 전 《춘향전》의 영역, 국문학사, 불란서 시평전 등을 간행할 준비를 하고 있었다. 그러나 결국 일본 경찰의 혹독한 고문과 20여 년간의 옥고를 겪은 탓에 그의 몸은 쇠약해졌으며 위암으로 병석에 눕고 말았다.

그는 돌아가시기 전 어느 시인이 문병했을 때 "내가 집필하려던 국문학사를 탈고해 놓고 죽기나 했으면 좋겠는데 그것도 틀린 모양이지"라고 힘없이 웃으셨다고 한다. 민족주의 저항시인인 그는 지금 대구 달성군 화원면 벌리 1구 월성이씨(月城李氏) 가족 묘지에 조용히 잠들어 있다.

　　그러나 그의 정신과 시혼은 여전히 우리들의 가슴속에 깊게 자리잡고 있다. 그리고 나는 지금도 심경이 복잡할 때면 언제나 그의 처녀작 〈나의 침실로〉를 암송하고 있다.

　　'마돈나' 밤이 주는 꿈, 우리가 읽는 꿈…….

이석연

이육사 · 절정

[한계상황에서의 극복 의지의 발로]

영하 20도의 밤에 철책 순찰을 돌며 모든 것이 낯설고
황망한 광야에 버려진 듯한 극한 상황에서 나 자신을
적응시키기 위해 몸부림쳤다. 이때에도 나는 〈절정〉을
되뇌이며 강인한 초극의지로써 어려움을 극복하고
전방 근무를 추억의 장으로 만들 수 있었다.

1954년 전북 정읍에서 태어나 전북대 법학과를 졸업, 서울대 대학원, 동 대학원에서 법학 박사학위를 받았다. 행정고시, 사법고시에 각각 합격하여 법제처, 헌법재판소, 변호사 사무소를 개업, 주로 인권변호 활동, 특히 헌법재판을 통한 공익소송의 활성화에 힘쓰고 있으며, 시민단체 경실련 사무총장을 역임했고, 현재 동국대 겸임교수로 재직중이다. 저서로 《헌법 등대지기》 《헌법소송의 이론과 실제》 《형법총론예해》 《헌법재판소판례총람》 등이 있다.

절정

이육사

매운 계절의 채찍에 갈겨
마침내 북방으로 휩쓸려 오다

하늘도 그만 지쳐 끝난 고원
서릿발 칼날진 그 위에 서다

어디다 무릎을 꿇어야 하나
한 발 재겨 디딜 곳조차 없다

이러매 눈 감아 생각해 볼밖에
겨울은 강철로 된 무지갠가 보다

한계상황에서의 극복 의지의 발로

　대학원 석사과정 2년차인 1979년 후반, 갑자기 초조와 불안으로 평정심을 잃으면서 일종의 패배의식이 나를 엄습해 왔다. 내년이면 그동안 연기해 왔던 군에 입대해야 한다는 절박함과 아울러 대학원을 마칠 때까지 무엇인가를 성취해야 한다는 강박관념이 나를 무겁에 짓누르고 있었다. 더욱이 자식 교육을 위해 모든 희생을 감내하고 문전옥답까지 팔아가며 뒷바라지해 오던 고향에 홀로 계신 어머님을 생각할 때마다 가슴이 미어지는 듯한 회한이 되씹어졌다. 그동안 해이해진 생활의 에네르기를 한 곬으로 모으는 긴장과 분발의 시간이 요구되었다.

　이제 더 이상 여유와 낭만이 허용되지 않는 한계상황이었다. 그리하여 그해 안에 석사논문, 행정고시, 다음 해 초에 있을 사법시험까지(두 시험 모두 1차시험 면제 상태였다) 마무리한다는 결의를 다지면서 그 표시로 삭발을 하고 고향 근처의 ‘대실’ 이라는 한촌으로 거처를 옮겨 두문불출 상태에 들어갔다.

　이때 뇌리를 맴돌던 시가 바로 이육사의 〈절정〉이었다. 당시 내 마음은 그야말로 시간의 제약에 쫓겨 “어디다 무릎을 꿇어야 하나 한 발 재겨 디딜 곳조차 없”는 극한 상황이었던 것이다. 그렇지만 고통의 시간 속에서도 이를 극복하려는 강인한 집념과 의지가 샘솟고 있었다. 혹독한 겨울이었지만 “강철로 된 무지개”를 그렸던 것이다.

〈절정〉을 책상 앞에 붙여놓고 마음의 평정과 집중력을 잃지 않으려고 나 자신을 채찍질하는 결의의 글을 일기에 쏟아부었다. 일기라기보다는 자신에 대한 기도문, 호소문, 결의문이었다.

"좀더 적극적으로 계획을 밀고 나가게끔 해다오. 좀더 대범한 심정을 지니고 살게끔 해다오. 좀더 너그러운 마음가짐으로 타인을 포용하게끔 해다오. 좀더 강인한 의지로 일관하게끔 해다오.

초인적인 힘과 능력은 원치 않습니다. 부귀영광의 공명심과 주지육림의 호화판은 저의 관심 밖에 있습니다. 오직 성실하고 알찬 순간순간으로 내 일과가 충만되기를 바랄 뿐입니다. 자신의 위치를 알고 자신의 역량을 믿고 꾸준히 일하는 자의 앞길에 저의 응심이 함께하기를 빕니다 …….

평범한 진리를 믿고 살면서도 비범한 이상을 소유하게끔 해다오. 상대적인 진리와 지식의 파편들을 절대적 당위성에 접근시키는 과감한 추진력을 발휘하게끔 해다오. 이제 저의 최선의 순간순간만이 다가오고 있습니다. 이 순간의 내가 장래의 나를 형성할 것입니다. 모든 것을 사리한 심정으로 임하려고 합니다. 나에게 있어서 결코 기적은 창조의 한계를 벗어나지 못하리라는 신념이 잠재하고 있는 한은……."(1979년 8월 26일 일기 중에서)

그 결과 대학원을 마치면서 석사학위를 받고 행정고시에 합격할 수 있었다. 집념, 인고의 〈절정〉에서 거둔 결실이었다(비록 사법시험은 몇 년이 더 지나고 제대 후에야 결실을 맺었지만).

그로부터 2년 후인 1981년 말, 정훈장교로 임관되어 병과교육을 마치고

전방사단의 대대정훈장교로 배치되었다. 영하 20도의 밤에 철책 순찰을 돌며 모든 것이 낯설고 황망한 광야에 버려진 듯한 극한 상황에서 나 자신을 적응시키기 위해 몸부림쳤다. 이때에도 나는 〈절정〉을 되뇌이며 강인한 초극의지로써 어려움을 극복하고 전방 근무를 추억의 장으로 만들 수 있었다.

이처럼 〈절정〉은 내가 역경에 처했을 때 절망적 한계상황이 아닌 극복 가능한 한계상황을 설정해 희망의 무지개를 쫓게 한 뜻 깊은 인연을 간직한 시이다.

이육사! 1944년 1월 어느 혹한의 새벽, 중국 북경 주재 일본 총영사관 감옥에서 40세의 나이로 그의 치열한 삶을 마감한다. 일경에 의해 체포, 구속되기만 네 차례, 그러면서도 그는 혹독한 조국의 현실에 좌절하거나 체념하지 않고, 한편으로 시를 통해 절망적 상황을 극복하려는 시인으로서의 고결한 정신력과 높은 시혼을 우리에게 남겨주었다. 그는 한국 현대시에 남성적이고 대륙적인 색채와 기질을 불어넣은 동시에 시를 통한 진정한 참여와 저항의 정신을 보여준 '선구자'였다.

"백마 타고 오는 초인"(〈광야〉)과 "청포를 입고 찾아온 손님"(〈청포도〉)을 기다리는, 조국 광복을 향한 그의 불굴의 의지와 집념은 "강철로 된 무지개"(〈절정〉)를 그리면서 절정에 달한다. 그의 사망 후 얼마 안 있어 해방을 맞음으로써 그가 〈절정〉에서 그렸던 한계상황은 극복 가능한 희망의 무지개였음이 입증된다.

그런 점에서 그의 〈절정〉의 구도, 특히 "겨울은 강철로 된 무지개"라는 비유가 작위적이라거나 막연한 이미지의 표상이라는 문학적 차원의 비평에 대해 동의하기에는 내 마음의 여유가 없다. 어느 문학작품이건 작가가 처한 시대적 상황과 그가 추구한 치열한 삶의 궤적을 떠나 이를 평가한다는 것은 주관적 가치 판단에 머물 위험성이 크기 때문이다.

금년이 가기 전에 육사가 태어나 자랐던 경북 안동의 도산면, 녹전면 일대, 〈절정〉의 무대로 설정된 북간도 일대의 만주벌판 그리고 그가 최후를 맞이한 북경을 거치는 답사여행을 떠나리라.

이재희

박재삼 · 한(恨)

[한(恨), 그 처절하고 아름다운 바람]

박재삼 님을 만난 적도, 예찬한 적도 없지만 그의 시집
《천년의 바람》과 그의 시 〈한〉은 어떤 형태로든
내 마음속에 영원히 살아 숨쉬고 있을 것이다.
바람을 기리면서.

1947년 경남 김해에서 태어나 부산대 상과대학을 졸업했다. 프라이스 워터하우스에서 회계 컨설턴트, 하얏트 에이젠시 상무이사 및 관리이사, 티엔티 익스프레스 월드와이드 북아시아 지역 사장, 아시아 태평양 지역 수석부사장, 한국, 대만, 필리핀 등 극동담당 사장 및 한국 지사장을 역임했고, 현재 유니레버코리아 회장으로 재임중이다. 미국회계협회, 공인회계사 및 세무사협회, 한일우호협회, EC/AMERICA/AUSTRALIA 상공회의소, 서울 한강로타리클럽 회원으로 활동중이다.

한(恨)

박재삼

감나무쯤 되랴,
서러운 노을빛으로 익어가는
내 마음 사랑의 열매가 달린 나무는

이것이 제대로 뻗을 데는 저승밖에 없는 것 같고
그것도 내 생각하던 사람의 등 뒤로 뻗어가서
그 사람의 머리 위에서나 마지막으로 휘드러질까 본데,

그러나 그 사람이
그 사람의 안마당에 심고 싶던
느껴운 열매가 될는지 몰라!
새로 말하면 그 열매 빛깔이
전생의 내 전(全) 설움이요, 소망인 것을
알아내기는 알아낼런지 몰라!

아니, 그 사람도 이 세상을

설움으로 살았던지 어쨌던지

그것을 몰라, 그것을 몰라!

한(恨), 그 처절하고 아름다운 바람

원고 청탁을 받고 언제나처럼 나는 박재삼(朴在森) 님의 《천년의 바람》에 실린 〈한(恨)〉을 떠올렸다. 원고 청탁의 제목과 같이 이 시가 나를 매혹시켰는지 아닌지는 단정할 수 없지만, 1978년판 이 시집과 이 시는 지난 20여 년간 늘 나와 함께 있어 왔다. 유니레버코리아로 회사를 옮길 때도 나는 이 시집을 잊지 않고 챙겨왔다.

지난해 가을 대졸 입사시험 때 나는 예의 그 〈한〉을 내놓고 수험생들에게 느낀 점을 영어로 쓰라는 논문을 시험으로 출제했다. 이른바 N세대들이 박재삼의 그 한국적, 전통적인 한의 노래를, 그것도 1970년대의 목소리를 어떻게 접근하는가에 중점을 두고 채점을 했는데, 한 가지 실망스러운 것은 수백 명의 수험생 중 단 한 사람도 내가 20여 년을 애지중지한 이 애송시를 사전에 읽어본 사람이 없었던 것 같다는 점이었다. 이게 세월의 차이인지, 그래서 박재삼 님이 김소월만큼의 필명을 얻지 못했는지도 모르겠다.

그래도 이 시를, 그것도 영어로 내 마음에 들게 적었다는 단 한 가지 이유 때문에 다른 성적이 좀 좋지 못하더라도 나는 그들을 채용했다. 그 신입사원들이 지금도 열심히 근무하고 있어 대견스럽기도 하다.

여기에 한 수험생의 논문의 요지를 적어볼까 한다. 그 여자 수험생은 한국의 소위 일류대학을 우수한 성적으로 졸업한 후 MBA를 마치고 시험을 치러 왔는데, 대뜸 논문 제목이 박재삼 님의 〈한〉이라 너무 황당했다고 했다. 20년 가까이 열심히 공부하면서 시나 수필을 단 한 번도 정성들여 읽어본 적 없이 너무 단순하고 안이하게 살아온 지난날이 후회스러워 시험이고 뭐고 떠나 화장실에서 한참 울었다고 했다.

그리고 논문 쓰는 것을 그만두고 회사 취직하는 것도 포기하고 다시 인생을 공부하겠다고, 그래서 수험장을 자의로 떠난다고 썼던 것 같다. 그 뒤 나는 이 여자 수험생의 진솔한 성격이 마음에 들어 우리 회사에 입사해 줄 것을 종용했었는데, 자기는 파리로 가서 공부를 더해 인생에 자신이 있을 때 나를 찾아오겠다고 홀연히 떠났다. 그 여자 수험생의 장도(壯途)를 이제 내가 빌어드려야 할 것 같다.

나는 회사에서 의사소통을 할 때 박재삼 님의 주옥같은 여러 시와 또 다른 많은 시인의 시를 그때그때 상황을 참작해 사용하고 있다. 이메일로 시를 보내자 처음에는 직원들이 의아해하곤 했지만 지금은 많이 익숙해졌고, 또 언제 우리 회장이 어떤 시를 올리나 하고 기다리는 직원들까지 생겨났을 정도다.

나는 이 시를 한창 젊은 시절 하얏트 호텔에서 중역을 맡고 있을 때 우연히 접하고 그야말로 숨이 막히고 가슴이 답답할 정도로 신선한 충격을 받았다. 지금도 나는 이 시를 떨리는 마음으로 읽곤 한다. 옛날 고등학교 시절에 읽었던 《데미안》이나 전혜린류의 수필에 감동받아 밤을 설친 것처럼 〈한〉을 읽을 때도 감정이 다시 북받쳐올라 억제하기 힘들었다.

생각해 보면 내가 왜 이 시에 이렇게 집착하는지 잘 모르겠다. 내가 그렇게 한이 많은 사람인지, 한국인의 한의 정서가 내 가슴에 숨쉬고 있어서인지 분명치 않다. 어쨌든 나는 이 시를 수십 번 수백 번 읽어왔고 앞으로도 그럴 것 같다.

이 시를 통해 나는 더 순수해지고 또한 무한한 에너지를 느끼는 것 같다. 그리고 지지리도 가난했지만 지독히 큰아들을 사랑했던, 이제는 타계하신 우리 어머님 생각도 난다. 우리 어머니는 늘 정화수를 떠놓고 당신의 큰아들이 큰 인물(?) 되기를 기도하셨는데, 너무 지극하여 어린 나도 가슴이 찡하곤 했었다. 우리 어머님 덕분에, 당신의 한과 기도 덕분에 내가 큰 인물이 되었는지는 아직도 자신이 없다.

엄격하게 얘기한다면 나는 냉정할 정도로 자기 훈련을 해왔고 철저한 기업가 정신이 몸과 마음에 박혀 있는 CEO이다. 그렇게 보면 시와는 비교적 무관한 업종에서 일하고 있는 셈이다. 더더욱 '한'과는 거리가 먼 일들을 냉정하게 매일 하고 있다. 박재삼 님을 만난 적도, 예찬한 적도 없지만 그의 시집 《천년의 바람》과 그의 시 〈한〉은 어떤 형태로든 내 마음속에 영원히 살아 숨쉬고 있을 것이다.

바람을 기리면서.

이찬승

에머슨 · 성공이란

[가치 있는 인생을 향하여]

인생을 가치 있게 사는 것이 무엇인지를 평범한 말로
잘 요약하고 있는 이 짧은 시 한 편은 나 이외의 모든
사람들에게도 한 번쯤 곱씹어볼 만한 가치가 있다고
생각된다. 앞으로 죽는 날까지 나의 하루는 마음속으로
이 시를 외워보는 것으로 시작하게 될 것이다.

1949년 경북 풍기에서 태어나 서울대 사범대학을 졸업했다. 조광무역, 삼성전자를 거쳐 능률영어사를 창립, 영어 교재 출판과 교육의 외길을 걸어왔다. 저서로 《이찬승 미국어 Hearing》《이찬승 Listening KNOW-HOW》《리딩튜터》 등이 있다.

성공이란

에머슨

자주 그리고 많이 웃는 것.
현명한 사람들로부터 존경받는 것.
아이들의 호감을 사는 것.
솔직한 비평가들의 인정을 받는 것.
미덥지 못한 친구들의 배반을 참아내는 것.
아름다움을 식별할 줄 아는 것.
다른 사람에게서 최선의 것을 발견하는 것.

건강한 아이를 낳든,
한 뙈기의 정원을 가꾸든,
사회 환경을 개선하든 간에
세상을, 자기가 태어나기 전보다
조금이라도 더 살기 좋은 곳으로 만드는 것.

자신이 살았었기에

단 한 사람이라도 좀더 마음 놓고 살아간다는 사실을 아는 것.

이것이 성공이다.

가치 있는 인생을 향하여

지난 7월 어느 날 오후, 나는 카네기연구소 최염순 소장의 강의에 푹 빠져 있었다. 대학 시절 데일 카네기(Dale Carnegie)의 《인간관계지도론(How to Win Friends and Influence People)》이라는 책을 감명 깊게 읽은 후부터 카네기란 얘기만 들으면 마냥 좋고 믿음이 가게 된 내게 그날 강의는 정말 특별했다.

강의가 중반으로 접어들었을 무렵, 슬라이드에 갑자기 시 한 편이 떴다. 내 눈에 들어와 박힌 한 구절 "세상을, 자기가 태어나기 전보다 조금이라도 더 살기 좋은 곳으로 만드는 것".

순간적으로 눈이 번쩍 뜨이는 것 같더니 나는 "유레카(Eureka)!"라고 외치고 싶을 만큼 흥분했다. 안개 자욱한 밤 바다를 헤매다 마침내 등대 불빛을 발견한 선장의 기쁨이 이럴까. 남은 생을 어떻게 보내야 할까 늘 고민해 왔던 내게 이 구절은 신의 계시처럼 위대하게 느껴졌다. 답답했던 가슴이 뻥 뚫리면서 '그래. 더 이상 미루지 말고 지금 당장 시작하는 거야'라고 마음속으로 몇 번씩이나 되뇌었다. 늘 생각은 하면서도 바쁜 일상 속에 번번히 미뤄왔던 나의 소명 찾기가 드디어 열매를 맺게 되는 것인가. 이 구절이 그토록 강렬하게 다가왔던 건, 내 인생이 더 이상 미룰 수 없는 시점에 이르렀다는 방증이리라.

사실 당시는 '작별'이나 '하직' 같은 단어들이 자주 나의 뇌리를 스치던 시기였다. 아마도 지난해 제일 친한 친구를 잃은 데 이어 최근에는 꽤 친하게 지내던 이웃 사람마저 이순(耳順)도 되기 전에 갑자기 세상을 떠나자 적잖이 충격을 받았기 때문이었으리라.

사랑하는 나의 가족과 친구들, "한 떼기 정원" 가꾸듯 애지중지 키워온 회사, 한국 기업 역사상 가장 빛나는 꿈 같은 회사를 만들기 위해 함께 노력해 온 직원들 그리고 나와 우리 회사에 늘 변함없는 애정과 신뢰를 보내주었던 고객들. 이 모든 사람들과 언젠가, 그리 멀지 않은 장래에 작별해야 한다는 것—이는 어쩌면 너무나 당연한 일이지만 그동안 나는 이를 남의 일 혹은 먼 훗날에나 일어날 수 있는 일처럼 치부하고 살아왔던 것이다. 이 시 한 구절은 이런 나를 흔들어 깨웠고 결단을 재촉했다.

누가 들으면 겨우 50대 중반에 그런 생각을 하느냐고 비웃을지도 모르지만, 지금까지 브레이크 없는 기관차처럼 무작정 앞만 보고 달려온 내게 잠시 멈추고 자성(自省)의 시간을 갖게 한 것은 내 인생에서 더할 수 없이 귀중한 계기가 아닐 수 없다.

강의가 끝나고 내 방으로 돌아와, 익히 알고 있었던 시구(詩句)의 내용들이 오늘따라 유난히 마음에 와 닿는 까닭이 무엇인지 곰곰이 생각해 보았다. 앞으로 살아갈 날이 무한정 많이 남아 있는 사람처럼 어리석게 살고 있었다는 뼈아픈 반성과 함께 약간의 조급증마저 느껴졌다.

인생을 가치 있게 사는 것이 무엇인지를 평범한 말로 잘 요약하고 있는 이 짧은 시 한 편은 나 이외의 모든 사람들에게도 한 번쯤 곱씹어볼 만한 가치가 있다고 생각된다.

세상을, 자기가 태어나기 전보다
조금이라도 더 살기 좋은 곳으로 만드는 것.
자신이 살았었기에
단 한 사람이라도 좀더 마음 놓고 살아간다는 사실을 아는 것.

이것이 성공이다.

앞으로 죽는 날까지 나의 하루는 마음속으로 이 시를 외워보는 것으로 시작하게 될 것이다. 부와 명예만을 좇는 물질만능주의와 나만 편하고 행복하면 된다는 식의 개인주의, 이기주의가 팽배한 이 시대를 살아가는 많은 현대인들에게 이 시 한 편이 진정한 성공의 나침반이 되어줄 것임을 확신하면서, 우리 아이들을 비롯한 내가 아는 모든 사람들에게 이 시를 선물하는 바이다.

진영광

푸슈킨·삶

[산다는 것에 대한 명쾌한 대답]

이 시는 내가 대학에 들어간 뒤 사법시험 준비를 하면서
많이 읊조렸던 것 같다. 여러 번 고시공부에서 떨어져도 보고
결국에는 합격하여 현재 변호사로서 생활하고 있지만
그 당시 고시공부할 때는 이 시가 하나의 위안이 되었다.

1955년 충남 보령에서 태어나 한양대 법학과를 졸업, 인하대 대학원에서 법학 박사학위를 받았다. 현재 법무법인 '우리법률' 대표 변호사이다. 저서로 《징맹이 고개 위에 쌓은 마음》《삶의 뜨락》《법은 밥이다》《종합소송실무자료집》《법과 시민생활》《주택임대차의 생활법률》 등이 있다.

삶

푸슈킨

삶이 그대를 속일지라도
슬퍼하거나 노하지 말라!
우울한 날들을 견디면 믿으라,
기쁨의 날이 오리니.

마음은 미래에 사는 것
현재는 슬픈 것
모든 것은 순간적인 것,
지나가는 것이니
그리고 지나가는 것은 훗날 소중하게 되리니.

삶이 그대를 속일지라도
젊고 달콤한 희망에 숨쉬며
언젠가 영혼이 썩는 육신에서 빠져나와
한결같은 그리움, 기억, 사랑을 끝없는 창공으로
가져간다고 믿는다면—

맹세코! 난 오래전에 이 세상을 버렸으니

삶을, 흉한 우상을 부수고

자유와 즐거움의 나라로 떠났으리

죽음이 없고, 편견도 없는 나라,

오직 창공의 순수함 속에 그리움만이 흐르는 그곳으로……

그러나 이 바람은 헛것이고 무력한 것을

내 이성은 고집스레 내 희망을 경멸하고……

무덤 뒤 나를 기다리는 것은 아무것도 없다고……

전연 아무것도 없다고!

그리움도, 첫사랑조차도!

무섭다……?

슬프게 다시 삶을 바라보며

나는 오래 살고 싶어진다.

내 우울한 영혼 속에 사랑하는 이의 모습이 감추어져 오래 불타라고

산다는 것에 대한 명쾌한 대답

푸슈킨은 서정시인으로서 러시아문학 전기 낭만주의를 대표하는 작가다. 푸슈킨 시의 특징은 절제와 표현력이 풍부한 시어에 있다.

푸슈킨은 영국의 셰익스피어와 바이런의 영향을 받아 간결한 문체로 우리 인간이 사회에서 처한 상황을 노래하고 있다. 그 당시 러시아의 시대적 상황이 농노제(農奴制) 아래 있었기 때문에 푸슈킨은 현실을 직시하여 깊은 사상과 높은 교양으로 현실을 노래했다. 이 작품 역시 그런 맥락에서 우리 인간사의 고진감래(苦盡甘來)를 압축하여 표현했다.

이 시는 내가 대학에 들어간 뒤 사법시험 준비를 하면서 많이 읊조렸던 것 같다. 여러 번 고시공부에서 떨어져도 보고 결국에는 합격하여 현재 변호사로서 생활하고 있지만 그 당시 고시공부할 때는 이 시가 하나의 위안이 되었다.

우리가 그저 '산다'는 것은 막연히 사는 사람의 생존, 즉 존재를 의미하고, '삶'이라고 할 때는 그저 막연히 살아 있는 그 자체가 아니라 그 어떤 난관이라도 돌파하면서 끝까지 살아보려고 노력하는 사람의 생활을 의미한다고 할 것이다.

바로 이 푸슈킨의 〈삶〉이란 시가 이를 대변해 주고 있는 것 같아 난 이 시를 좋아한다. 우리가 삶을 산다는 것은 얼마나 어려운 일인가?

이 시는 이에 대하여 명쾌하게 답하고 있다. 그렇다. 삶은 내 뜻대로 되는 것은 결코 아니다. 살다 보면 맑은 날도 있고 궂은 날도 있기 마련이다. 하지만 우리가 인생을 살면서 그게 운명이려니 하고 안주(安住)해서는 안 될 것이다. 우리가 하는 노력 여하에 따라 얼마든지 인생은 바뀔 수 있기 때문이다. 인생에 있어 운명과 노력은 반비례한다고 할 수 있다. 인생은 운명이라는 오목한 쌍곡선과 노력이라는 볼록한 쌍곡선의 만남인 것이다.

　　삶이 그대를 속일지라도
　　슬퍼하거나 노하지 말라!
　　우울한 날들을 견디면 믿으라,
　　기쁨의 날이 오리니.

　　그는 아마 인생은 하나의 사기극 혹은 속임수라고 말하고 있는지도 모르겠다. 하지만 설사 그렇다고 하더라도 최선을 다하라는 당부의 말을 잊지 않고 있다.
　　우리는 이따금 어떻게 사느냐보다는 왜 사느냐 하는 원초적 물음에 접하게 된다. 시인 김상용(金尙鎔)은 왜 사느냐고 물으니 그냥 웃었다.

　　남으로 창을 내겠소.
　　밭이 한참갈이
　　괭이로 파고
　　호미론 풀을 매지요.

구름이 꼬인다 갈 리 있소.

새 노래는 공으로 들으랴오.

강냉이가 익걸랑

함께 와 자셔도 좋소.

왜 사냐건

웃지요.

—김상용 〈남으로 창을 내겠소〉

　자연에 순응하면서 분수에 맞게 사는 삶 그리고 작지만 소망이 있는 삶, 게다가 자기의 처지를 달관하여 낙천적이고 인간미 넘치는 삶을 살 수 있다는 게 얼마나 좋은 일인가? 스스로 분수를 알고 만족하면서 사는 삶, 즉 안분지족(安分知足)하는 삶은 중국 당나라 시선(詩仙) 이백(李白)의 산중문답(山中問答)이라는 시에도 잘 나타나 있다.

　　問余何事棲碧山　왜 푸른 산중에 사느냐고 물어봐도
　　笑而不答心自閑　대답 없이 웃으니 마음 절로 한가롭다.
　　桃花流水杳然去　복사꽃 띄운 물 아득히 흘러가니
　　別有天地非人間　별인간세상이 아닌 별천지에 있다네.

　시인 조지훈(趙芝薰)에게 무엇 때문에 사느냐고 물으면 살기 위해 산다고 했다. 살아 있음 그 자체가 우리에게 기쁨일 수 있다. 삶이 기쁨이기 위해서는 꿈이 있어야 하고, 그 꿈을 이루기 위해 정성을 다하는 자세가 필요할 것이다. 그렇다. 살 줄 아는 만큼 일할 줄도 아는 삶, 이게 질(質) 있는 삶이 아닐까?

그래서 푸슈킨 역시 "마음은 미래에 사는 것" 이라고 하지 않았는가. 미래가 있기에 비록 오늘은 슬프다고 하더라도 살맛 나는 것이 아니겠는가? 푸슈킨은 어떻게 보면 자기가 처한 시대적 상황에서 달관의 위치에 서 있었는지 모르겠다. 하지만 달관한 듯 인생을 말하면서도 그 이면에 우울감이 숨어 묻어나는 것은 왜 그럴까? 그러면서도 이를 감추려는 성인의 모습을 보이고 있어 더욱 삶의 의미를 새삼스럽게 되돌아보게 된다.

일일신우일신(日日新又日新).

날마다 새롭게, 그러면서도 다시 한 번 자신을 발견하고 되찾는 일이 바로 우리네 삶이라고 생각한다.

어린 시절 우린

뭘 먹고 살았나요?

밤하늘 별을 따며

꿈을 먹고 살았습니다.

어린 시절 우린

뭘 믿고 살았나요?

그 꿈이 언젠가는 이뤄지겠지

믿고 살아왔지요.

지금 우린

뭘 먹고 사나요?

아직도 밤하늘 별을 헤아리고 있나요?

아직도 이루지 못한 꿈이 있나요?

하지만 우린

풍요 속 빈곤에

불확실한 미래에

속고 또 속으며 살고 있네요.

—졸시 〈삶〉

기욤 아폴리네르 · 미라보 다리

[벼랑길에 선 자의 의연함]

피해가지 못할 밤이라면, 어차피 맞을 밤이라면 의연히
맞이하자는 것일 게다. *sonne l'heure* 부분을 떠올릴 때
묵직한 종소리가 내 가슴에서 덩덩 울리고 있었다.

1956년 서울에서 태어나 한양대를 졸업, 미국 일리노이 주립대학에서 법학을 공부했다. 제23회 사법고시 합격, 리 인
터내셔널, 법무법인 '정현' 등을 거쳐 현재 엄상익·진효근 합동법률사무소에서 활동중이다. 한양대, 서울시립대, 경
희대 겸임부교수를 역임했다. 저서로 《특허실용신안법 기초지식》이 있다.

미라보 다리

기욤 아폴리네르

미라보 다리 아래 센 강이 흐르고
우리의 사랑도 흘러라
기억해야 하는가
기쁨은 항상 고통 뒤에 왔음을

밤이여 오라 종아 울려라
세월은 가는데 나는 머물고

손과 손을 맞잡고 얼굴과 얼굴 맞대고
우리의 팔이 다리가 되면
그 아래 영원을 응시하는 거친 물결이 흐르고

밤이여 오라 종아 울려라
세월은 가는데 나는 머물고

저 흐르는 물처럼 사랑은 가고

삶이 느리게 가듯 소망이 격렬하듯

사랑도 흘러

밤이여 오라 종아 울려라

세월은 가는데 나는 머물고

날이 가고 달도 가는데

지나간 시간이 되오지 않듯

사랑도 다시는 오지 않는데

미라보 다리 아래 센 강은 흐르고

밤이여 오라 종아 울려라

세월은 가는데 나는 머물고

벼랑길에 선 자의 의연함

내가 느낀 대로 나름대로의 서툰 번역을 해보았다.

불어 원문 첫째 연의 둘째 줄 'Et nos amours'가 그 앞의 문장에 이어지는 것인지 바로 뒤의 문장에 이어지는지 명확하지 않아 이규현 선생님의 것(선생님은 뒷문장에 이어지는 것으로 보아 "미라보 다리 아래 센 강은 흐르고 우리의 사랑을 나는 기억해야 하는가……"로 번역)을 찾아보았다. 그러나 나는 위에서처럼 번역해 보았다.

나는 기욤 아폴리네르가 이 시를 쓰게 된 사연을 알지 못한다. 그의 시는 자신의 삶에 대한 이야기라는 그의 말이 여기서도 적용된다면 피카소의 소개로 약 5년간 사귄 화가 마리 로랑생과의 결별과 관련이 있지 않을까 추측해 볼 뿐이다. 사랑 아니면 삶에서 오는 고독과 슬픔을 몸서리쳐질 정도로 태연하게 그리고 있다는 느낌을 받는다.

그러나 이 시에 대해서는 내가 달빛을 의지하며 충주 월출산 언덕 오솔길을 넘을 때 나를 부드럽게 다독거리며 지친 운동화 끈을 다시 매게 한 힘을 기억하고 있다.

이 시는 번역문으로는 아무리 읽어보아도 감정을 느끼기가 쉽지 않다. 아무래도 불어 원문을 소리내어 읽어야 할 것 같다. 네 번 반복되는 'Vienne la nuit (…) je demeure' 부분마다 갈라서 네 개의 연으로 보면 첫 연과 마지막 연은 첫 행과 넷째 행 모두 '엔느'라는 비교적 담담한 음으로 끝난다. 그 내용도 자신의 마음을 추스르는 다부진 내용이다. 애틋한 애정의 영상미를 보여주는 둘째 연은 첫째, 셋째, 넷째 행이 모두 '스'라는 오히려 맥빠진 음으로 끝나고 있다. 그리고 이 연은 나머지 세 연과는 어긋나 있는 것 같다. 헤어져야 하는 사이이거나, 홀로 있는 시인이 옛 연인을 상상하면서 그린 것일 게다. 셋째 연은 '앙트'로 끝나면서 물결의 힘찬 흐름을 보여주는 느낌을 준다. 그런데 네 번 반복되는 'Vienne la nuit sonne l'heure. Les jours s'en vont je demeure' 부분은 무엇인가 얽힌 느낌을 준다. 시인의 음산한 마음을 마감하고 있는 것 같다.

기욤 아폴리네르는 줄곧 절박한 삶을 살면서 자신을 스스로 관찰하고 느낀 사람이 아닐까 생각한다. 생부가 자신을 친자로 인정하지 않아 법률상으로 사생아가 되었고 모친의 성을 따랐다. 태어난 곳은 로마이지만 관광안내원으로 일하며 자식들을 돌보아야 하는 모친을 따라 모나코, 칸느, 니스 등 지중해 관광지를 옮겨다니며 유년 시절을 보낸다. 대학입학 자격시험에 떨어진 후 진학을 포기하고 파리로 거처를 옮긴 뒤 가정교사, 소설 대필, 포르노 작가, 은행원 등을 하면서 경제적인 어려움을 그때그때 간신히 해결해 간다. 제1차 세계대전으로 프랑스군에 입대, 머리에 총상을 입고 치료중이던 서른여덟 살 때 결혼을 하고 몇 달 후 사망한다.

그는 몇 차례 여인과의 사랑을 경험하지만 얼마 안 가 모두 헤어지게 된다. 이 시에서 보이는 사랑과 불행의 교차는 그런 자신의 경험을 투영한 것으로 보인다.

나는 이 시를 언제 처음 보았는지 잘 기억하지 못한다.

대학 3학년인 1977년 언젠가 사법시험 외국어 과목으로 불어를 선택했고 불어 공부가 따분해질 때 이것저것 뒤적이다 보았을 것 같다. 그때 불어를 택한 이유는 단순하다. 당시 불어나 독어 과목은 시험문제가 배꼽을 잡을 정도로 쉽게 나오고, 영어 과목보다 20점 이상은 따고 들어간다고 해서, 나는 고등학교 때 본 먼지 쌓인 불어 책을 꺼내 보고, 알리앙스 프랑세즈를 기웃거렸다. 내가 돌아다닌 곳에는 파리의 미라보 다리도 없고, 센 강도 없었다.

기숙사 옆 중랑천의 살곶이 다리, 한강철교와 금강철교 그리고 대전 고산사 계곡, 안양 산본리 일체암 계곡, 충북 영동 중화사 계곡과 그 계곡에 아무렇게나 놓인 돌다리가 센 강이고 미라보 다리였다. 사랑은 달빛 창호문 건너 흐릿하게 비치는 추상명사였고, 내겐 사우디아라비아에서 귀국한 사촌형이 보내준 만년필과 소망, 시간, 인내 그런 것들이 사랑을 대신했다. 기쁨이 무엇인지 막연하기만 했다. 두통을 가라앉히기 위해 보는 소설에 푹 빠지는 것과 심장이 터지라고 운동장을 달리는 것이 기쁨의 근사치였다. 변호사가 되는 것이 기쁨이겠거니 했다. 양쪽 엉덩이가 부르튼 결핵주사 자국 그리고 기숙사와 강의실, 식당, 절을 쳇바퀴 돌듯 오가는 생활, 그런 것들을 내가 기쁨으로 받아들일 여유는 없었다. 그런 것들은 다 무거운 밤이었다. 그런데 이 시는 내게 피하고 싶은 그 밤을 빨리 오라고 재촉하며 명령까지 하고 있다. 또 종을 치며 밤을 환영하란다. 피해가지 못할 밤이라면, 어차피 맞을 밤이라면 의연히 맞이하자는 것일 게다. 'sonne l'heure' 부분을 떠올릴 때 묵직한 종소리가 내 가슴에서 덩덩 울리고 있었다.

그렇게 밤이 오고 또 오면서 해가 지나갔지만 몇 권의 책과 법전을 담아 둘러멘 배낭은 변하지 않았다. 봄이 오면 학교 안 강의실에는 최루탄이 자욱하고, 어수선하게 여름, 가을을 보내고 겨울 산사에서 심호흡하다 눈이 녹을 때쯤 다시 강의실로 내려오면 작년의 그 최루탄은 어김없이 부활하여 내 눈과 코를 괴롭혔다. 학교는 이상한 곳이다. 도대체 시간이 흐르지 않는다. 새 학년의 나는 항상 작년의 나였다. 그 봄날에 막걸리를 마시던 친구들 몇과 함께 왕십리 사거리에 있던 성동검찰청에 가서 무엇인가 쓰고, 앞으로는 장난하지 말라는 검사의 너그러운 말을 듣고 풀려났다. 그 일로 무기정학을 받기는 했지만.

그때 검찰청에 갔다 온 친구들은 몇 년 후 반반 정도 나눠서 판사와 검사가 되었다. 그렇게 나의 삶도 느리게 갔고 학년이 올라갈수록 초조해졌다. 지나보낸 시간만 괜히 아까웠다. 그리고 군입대 날짜를 몇 번 연기하다가 1981년 봄에 합격 소식을 들었다.

그런데 이상한 일이었다. 변호사가 되면 의당 이 시는 싫어져야 하는데 여전히 끈질기게 머릿속을 떠나지 않는다. 아마도 20년이 지나도록 시험 공부하는 악몽을 꾸기 때문일 게다. 꿈을 깨고 일어나면 내게 다가오는 삶의 다양한 물결은 주변 풍광만 변했을 뿐 예나 별다름 없다. 시험을 치르

지 않기 때문에 생긴 여유로 등산을 하기 시작한 것 말고는 내가 맞는 삶
은 별로 변하지 않았다. 머리칼이 조금씩 희어지고 있을 뿐…….

　살아가면서 가정에서, 직장에서, 사회에서 다양한 물결을 맞게 된다. 가
끔씩 아슬아슬한 고비가 닥쳐오기도 한다. 그것도 이력이 쌓이면 아픔과
고민에 점점 무뎌진다. 그래서 아무 일 없었던 것처럼 다음 날 잠자리에서
일어난다.
　변호사 일을 하면서 다른 사람의 고민, 여러 가지 어려움을 간접 경험하
게 되었다. 국선변호사건을 수행하면서 구속된 여러 청소년을 만나게 되
었는데, 또 다른 유년 시절의 기욤 아폴리네르를 보는 듯하다. 내가 만나
기 전에는 명예, 재력 등에서 모자랄 게 없을 것 같은 사람인데, 막상 상담
을 해보면 어쩌면 그렇게 비슷한 고민을 하고 있는지 놀라지 않을 수 없
다. 누구나 다 아픈 상처가 있다. 그리고 아름다운 추억과 꿈도 있다.
　그래서 밤을 환영하는 씩씩한 종소리를 계속 듣고 싶다.

차석용

박목월 · 하관(下棺)

[열매가 떨어지면 '툭' 하는 소리가 들리는 세상에서]

15년 전 겨울, 아버님은 당신이 태어나신 고향 개성이
아닌 천안의 차가운 땅에 몸을 묻으셨다. 아버님을
차가운 땅에 눕히고 어려서 읽은 박목월 님의
〈하관(下棺)〉 이란 시를 떠올리며 숨죽여 울었다.

1953년 서울에서 태어나 미국 뉴욕 주립대학 경영학과를 졸업, 코넬대 경영대학원(MBA), 인디애나대학 로스쿨에서
수학했다. 미국 P&G 미국, 홍콩, 일본, 필리핀 지사에서 근무, 쌍용제지 사장, 한국 P&G 총괄사장을 역임했고, 현재
해태제과 사장으로 재직중이다.

하관(下棺)

박목월

관(棺)을 내렸다.
깊은 가슴 안에 밧줄로 달아내리듯
주여 용납하옵소서.
머리맡에 성경을 얹어주고
나는 옷자락에 흙을 받아
좌르르 하직했다.

그 후로
그를 꿈에서 만났다.
턱이 긴 얼굴이 나를 돌아보고
형(兄)님!
불렀다.
오오냐. 나는 전신(全身)으로 대답했다.
그래도 그는 못 들었으리라.
이제
네 음성을

나만 듣는 여기는 눈과 비가 오는 세상.

너는 어디로 갔느냐.
그 어질고 안쓰럽고 다정한 눈짓을 하고
형님!
부르는 목소리는 들리는데
내 목소리는 미치지 못하는
다만 여기는
열매가 떨어지면
툭 하는 소리가 들리는 세상.

열매가 떨어지면 '툭' 하는 소리가 들리는 세상에서

5년 전 한국에 다시 돌아와 쌍용제지의 사장을 맡게 되었을 때 외국 생활로 자주 찾아뵙지 못했던 아버님을 가장 먼저 찾아뵈었다. 아버님 곁에 앉아 내게 주어진 새로운 일이 무엇인지 또 나의 각오는 무엇인지 말씀을 올리고 싶었다.

"아버님, 저같이 준비 안 되고 부족한 사람에게 다시 수천 명의 식구들이 맡겨졌습니다."

아버지는 아무 말씀 없으셨지만 고개를 끄덕이시며 이렇게 말씀하시는 듯했다.

"아들아, 네가 지금까지 잘해 왔듯이 앞으로도 잘하리라 믿는다."

아버님 무덤 곁에 누워 하늘을 보면서 많은 생각을 했다.

—스무 살이 갓 넘었을 때 바라보던 강원도 화천의 겨울 하늘, 그 속에서 보석처럼 반짝이던 별들. 그때까지 집 밖에서는 한 번도 자본 적 없던 내가 논산훈련소에서 6주 훈련을 마치고 뚜껑도 없는 트럭에 실려 강원도 화천의 최전방으로 배치되어 가던 중 강원도 산길에서 먼지에 뒤범벅이 된 얼굴을 들어 바라본 하늘의 별들.

—아버님이 돌아가셨다는 전화를 한밤중에 받고 무슨 정신이었는지 양치질은 해야 한다고 생각하고 양치질중에 우연히 들여다본 목욕탕 거울 속의 내 모습.

―군대에서 휴가 나왔다 부대로 복귀하던 날 아버님이 주머니에 찔러 넣어주시던 편지―결국 그렇게 차가워 보이시던 아버님의 눈가가 붉어지시던 모습.

―미국 유학가기 전날 아버님께서 "네가 우리 집에서 처음으로 외국에 나가는 사람이야" 하시며 "아마 너는 내가 눈감기 전까지 못 돌아오지 싶다" 하시던 말씀.

이런저런 생각들로 천안의 맑은 하늘은 내 눈가에서 사정없이 뿌옇게 흐려졌었다.

아버님은 스무 살이 되기 전에 사업에 입문하시어 평생을 사업가로 지내셨다. 개성 상인의 독특한 고집과 상술로 무에서 유를 이루어내신 훌륭한 사업가이셨다. 때로는 혹독하게 때로는 자애롭게 우리를 가르치셨으며, 그 많은 가르침들은 지금까지 나의 생활에 깊이 각인되어 모든 행동의 지침이 되고 있다.

아버지는 사람들간의 믿음과 사업에서의 신용을 가장 중요하게 생각하셨다. 열 명의 친구를 만들려는 생각보다는 한 사람의 적을 만들지 말라고 당부하셨으며, 나이 사십이 넘으면 주위에서 사업자금 정도는 기꺼이 나를 믿고 투자할 수 있도록 신용을 쌓는 것이 돈을 버는 일보다 훨씬 중요하다고 강조하셨다. 또한 본분에 어긋나는 행동이나 자기 자신을 과장하는 행동을 하지 말아야 하며, 학생이면 학생답게, 청년이면 청년답게, 돈이 없으면 있는 척하지 말고, 배움이 부족하면 아는 척하지 말아야 한다고 가르치셨다. 또한 아버님은 선행(先行)하지 말라고 가르치셨다. 선행은 앞으로 일어날 일들을 가정하고 미리 행하지 말라는 말씀이시며, 있는 것을 있는 대로, 보이는 것을 보이는 대로 솔직하게 받아들이고 남에게 잘 보이려고 과장된 언행을 하지 말도록 가르치셨다.

살아오면서 구비구비 아버님의 가르침을 거스르는 수많은 부끄러움을 저질렀다. 대학원을 졸업하고 갓 신혼살림을 시작했을 때 이제부터 직장생활을 하면 돈을 벌 테니 하고 텅 빈 집 안에 들여놓고 싶은 가구며 가전제품들을 신용카드로 마구 사들여 그 후 몇 년간 고생하던 일, 회사에 입사할 때며 직장생활을 하면서 얼마나 많이 내가 한 일을 실제보다 더 과장되게 표현했으며, 잘 알지 못하는 분야를 잘 아는 척하며 내 의견을 개진했던 일은 얼마나 많았던가. 모를 때 모른다고 하고, 잘못했을 때 실수를 인정하고 용서를 비는 용기가 없었던 나약함들이 나를 부끄럽게 한다. 지난 몇 년 동안 최고 경영자로서의 역할을 돌이켜보았을 때, 과연 내가 한 일들이 아버님 보시기에 흡족하셨는지 생각해 보면 그것 또한 그저 송구스러울 따름이다.

15년 전 겨울, 아버님은 당신이 태어나신 고향 개성이 아닌 천안의 차가운 땅에 몸을 묻으셨다. 아버님을 차가운 땅에 눕히고 어려서 읽은 박목월 님의 〈하관(下棺)〉이란 시를 떠올리며 숨죽여 울었다.
살다 보면 얼마나 많은 좌절의 순간들이 있는가? 오해받을 때의 억울함, 무모한 욕심에 대한 후회, 노력하고 추구하던 일의 실패, 자신의 무력함에 대한 실망, 좌절의 늪 속에서 고민하고 꿈속에서 번민하다 벌떡 일어나 앉은 어두운 밤의 외로움. 한 겹을 벗어버리면 그 안은 예전 같은 것을, 그 한 겹을 벗겨내지 못하는 인간의 나약함……. 온몸이 땀과 먼지에 찌들고 시궁창 물에 범벅이 되어도 물로 부어 닦으면 새로운 몸이 되듯이, 마음의 상처도 시련의 아픔도 한 겹 벗겨냄으로써 새로운 시작이 될 수 있다. 영웅은 실패를 하지 않는 사람이 아니라 포기하지 않은 사람이라고 하지 않던가…… ("Heroes are not the ones that never fail, but the ones who never give up"—Ed Cole).

몇 주 전 아버님이 꿈에 나타나셨다. 주머니에서 종잇조각을 꺼내어 내게 보여주시면서 같이 가야 할 곳이 아주 많으니 서두르라고 하셨다. 그리고 바로 꿈에서 깼다. 그날 천안에 있는 아버님의 묘소를 찾아뵈었다. 아버님이 하시려던 말씀을 들으려고 아버님 곁에 누웠다. 분명 아버님은 내게 무슨 말씀을 하셨으리라.

"아버님! 저의 주위에 있는 사람들의 좋은 점을 북돋우고 내가 그분들을 위해 할 수 있는 최선을 다할 것이며(Bring out the best in others and give the best of myself), 제가 맡고 있는 작은 이 세상의 좁은 구석이 좀더 나아질 수 있도록 노력하겠습니다(Strive quietly to make my corner of the world a little bit better)."

아버지는 예전처럼 고개를 끄덕이시는 것 같았다.

이제 "열매가 떨어지면 툭 하는 소리가 들리는 세상"에서 또 다른 아침을 맞이한다. 약하고 부족하지만 포기하지 않으리라는 다짐으로 앞으로 다가올 시련과 기쁨과 보람들을 힘차게 맞이하리라.

조병화 · 그리운 사람이 있다는 것은

[사람, 그리운 추억들을 떠올리며]

조병화 님의 시 〈그리운 사람이 있다는 것은〉을
조용히 낭송하는 것이 좋다. 나는 자신이 사회에
내동댕이쳐진 양 자학하는 친구에게 이 시를 복사해
주기도 하고, 주위사람들과 그리움에 대해
이야기를 나누기도 한다.

1954년 전북 익산에서 태어나 전북대 법학과를 졸업, 동 대학에서 법학 박사학위를 받았다. 1986년 변호사 사무소를 개업하여 현재까지 활동, 여성인권향상과 교육에 대한 공로로 국민훈장 석류장 수훈, 현재는 전북 여성발전연구원 이사, 국무총리 청소년보호위원회 위원, 예원대 이사장으로 재임중이다.

그리운 사람이 있다는 것은

조병화

살아가면서 언제나
그리운 사람이 있다는 것은
내일이 어려서 기쁘리

살아가면서 언제나
그리운 사람이 있다는 것은
오늘이 지루하지 않아서 기쁘리

살아가면서 언제나
그리운 사람이 있다는 것은
늙어가는 것을 늦춰서 기쁘리

이러다가 언젠가는 내가 먼저 떠나
이 세상에서는 만나지 못하더라도
그것으로 얼마나 행복하리

아, 그리운 사람이 있다는 것은
날이 가고 날이 오는 먼 세월이
그리움으로 나를 곱게 이끌어 가면서
다하지 못한 외로움이 훈훈한 바람이 되려니
얼마나 허전한 고마운 사랑이런가

사람, 그리운 추억들을 떠올리며

이제 편히 살아도 되는데 왜 그렇게 힘든 일만 골라서 하느냐!

아내가 내게 입버릇처럼 하는 말이다. 아내의 말처럼 나는 자의가 아닌데도 항상 힘든 일에 휩싸여 산다.

나는 초등학교 때부터 대학에 진학할 때까지 내 생각을 관철시키기는커녕 끝까지 주장한 일도 없다. 아마 그 때문에 의사가 되겠다는 어릴 적부터의 희망에도 불구하고 엉겁결에 변호사가 되어 있는지도 모른다. 게다가 지금은 재정적 어려움에 처한 대학을 인수하여 단 한 번도 생각해 본 일이 없는 대학교 이사장이 되어 있다.

나는 읍내에서 조그만 가게를 운영하시던 홀어머니 슬하의 7남매 중 여섯째였던 탓에 어린 시절부터 시골집에서 혼자 생활했다. 그때부터 사람을 그리워하는 타성에 젖어서인지, 지금까지도 주위사람과 그 사람들의 일에 실타래처럼 얽혀 지낸다. 나는 그 때문에 생기는 어려움에 자주 직면하게 되는데, 그때마다 나를 사랑해 주고 내가 사랑했던 사람들, 고마운 마음들에 대한 기억을 되살리며 그 그리움 속에서 위안을 받는다. 사람들은 흔히 '그리움'이란 말을 애절하고 심약한 표현으로 생각하지만, 내게는 지친 마음을 추스려주는 활력소이다.

내가 사춘기를 겪던 시절 내 옆에 여리디여린 마음으로 그림처럼 살다

간 선배가 있었다. 내 고향인 시골의 농협에 다니던 그 선배는 스물한 살의 나이로 죽을 때까지 언제나 엷은 미소만 지었을 뿐 큰 소리로 웃지 않았던 것으로 기억한다. 나는 언제나 쓸쓸했던 그 선배의 모습을 볼 때마다 해질 녘의 노을 같다고 생각했다.

그 선배는 그 당시 같은 직장에 근무하던 여자를 좋아했는데, 그 여자를 가까이서 볼 용기가 없어 먼발치에서만 지켜본다고 했고, 그 때문에 그녀의 눈을 떠올리면 코가 생각나지 않고, 입을 떠올리면 이마가 떠오르지 않는다고 안타까워했다. 외롭게 사랑하던 그 선배의 마음이 내게 산처럼 크게 보였다. 그 선배에겐 별다른 가족이 없었던지 우리 집에 머물다 죽었는데, 나는 그처럼 좋아했던 선배의 죽음에도 전혀 슬프지 않았다. 단지 그때부터 선배가 죽은 지 30년이 지난 지금까지 저녁노을 같은 그 선배의 모습을 그리워했다.

그 시절 내게도 가슴 시리게 애절함을 주었던 사람이 있었다. 이름조차 부르지 못했던 그 사람은 언제나 긴 속눈썹을 깜박거리며 가만히 나를 쳐다보곤 했다. 그 사람은 내가 지쳐 있을 때마다 그림자처럼 내 뒤에서 조용히 나를 지켜봐주고, 나만을 사랑하고 나만을 위해 존재하는 것처럼 그윽한 미소를 지어주었다.

나는 지금 그 사람의 얼굴을 기억하지 못한다. 그 사람이 내게 했던 말도 전혀 기억하지 못한다. 그러나 나는 그 사람의 긴 속눈썹과 조용한 미소를 생각할 때마다 숨이라도 쉬면 그 기억이 날아가버릴 것 같아 호흡까지 멈추게 된다.

　하루하루를 바쁘게 살다 보면, 더구나 그러한 고단함이 내가 선택한 일 때문이 아니라면 더욱 힘들어지고 억울하다. 그럴 때마다 나를 사랑하고 또 내가 사랑했던 사람들의 기억과 그들에 대한 그리움은 커다란 위로이고, 고단함조차 감사하게 한다.
　나는 시를 지어본 일이 없고 시에 대해서는 아무것도 모른다. 단지 나는 우연히 알게 된 조병화 님의 시 〈그리운 사람이 있다는 것은〉을 조용히 낭송하는 것이 좋다. 나는 자신이 사회에 내동댕이쳐진 양 자학하는 친구에게 이 시를 복사해 주기도 하고, 주위사람들과 그리움에 대해 이야기를 나누기도 한다.

　　아, 그리운 사람이 있다는 것은
　　날이 가고 날이 오는 먼 세월이
　　그리움으로 곱게 나를 이끌어 가면서

　　다하지 못한 외로움이 훈훈한 바람이 되려니

　옛말에, 인연이 있으면 천 리 밖에 있어도 만나게 되고 인연이 없으면 지척에 있어도 만나지 못한다고 했던가. 나에게 좋은 인연으로 다가와주고 나를 사랑하고 내가 사랑했던 사람들에 대한 그리움은 얼마나 가슴 떨리는 고마움인가. 조금 전 보았던 사람을 길모퉁이를 돌아 다시 만나면 처음 본 듯 인사할 정도로, 나는 사람을 기억하는 데 서툴고 지난 일들을 쉽게 잊는 편이다.

그런데도 내가 그리운 사람들에 대한 기억을 조금씩이나마 더듬어낼 수 있는 것은 다행스럽고 대견스러운 일이다. 내게 무슨 일이 벌어지든, 내가 얼마나 힘들고 절망스럽든, 담배 한 개비 피워 물고 그 연기 사이로 그리운 얼굴과 그리운 추억을 떠올릴 수 있는 나는 행복한 사람이다.

살아온 날의 절반 이상을 더 살 텐데, 나는 삶에 여유가 없어 괜히 손바닥을 비비는 일이 없도록 조병화 님의 시를 종이에 적어 책상 위 유리 사이에 끼워두고 계속 낭송할 것이다.

추미애

임현숙 · 하루살이의 노래

[여름날의 단상]

국회의 '시사랑회' 가 화장실 손님을 위해 화장실문
안쪽에 걸어놓은 이 시를 보다가 문득 한창 활달하게
미팅이니 여행이니 하면서 친구들과 어울려 낭만을
찾을 나이에 그러기는커녕 사법시험 공부하느라
고리타분하게 절간에서 보내게 된 내 젊은 시절이 떠올랐다.

1958년 대구에서 태어나 한양대 법학과를 졸업, 동 대학원을 수료했다. 제24회 사법고시에 합격, 사법연수원 14기 수료, 1985 춘천지방법원 판사, 광주고등법원 판사, 제15대 국회의원, 대통령직인수위원회 정무분과 위원, 새천년민주당 총재비서실장, 새천년민주당 지방자치위원장을 역임했고, 현재 제16대 국회의원 통일외교통상위원, 새천년민주당 서울 광진구을지구당 위원장, 새천년민주당 최고위원, 새천년민주당 당무위원으로 활동중이다.

하루살이의 노래

임현숙

여러 해 넘긴 오늘
껍질을 벗었습니다.

애벌레에서 성충으로
하루를 위해 태어났죠.

무던히 기다려온
이 날은
생의 마지막날

기도하는 마음으로
일몰을 봅니다.

피곤한 몸뚱아리
아낌없이 사르고
새 몸 새 얼굴로

세상을 밝히는 석양

어쩌면 작은 내 몸도
석양이고 싶습니다.

하루를 살아도
한순간을 살더라도
후회 없이 살고픈
내 여린 소망

아 그러나
밤이 너무 짧습니다.

여름날의 단상

국회의 '시사랑회'가 화장실 손님을 위해 화장실문 안쪽에 걸어놓은 이 시를 보다가 문득 한창 활달하게 미팅이니 여행이니 하면서 친구들과 어울려 낭만을 찾을 나이에 그러기는커녕 사법시험 공부하느라 고리타분하게 절간에서 보내게 된 내 젊은 시절이 떠올랐다.

살면서 가장 어려운 것은 자신에 대한 확신을 갖지 못하는 경우일 것이다. 대구에서 여고를 다니다가 서울의 한 대학의 장학생으로 선발이 되어 저학년 때부터 대학 내의 기숙사에서 이해되지도 않는 어려운 법서를 껴안고 지내다시피 했다. 대학 신입생이 되어 처음 맞는 봄 축제가 한창인 때도 제대로 어울려 기분을 내보지 못하고 기숙사에 틀어박혀 있었다.

당시 교양과목으로 국어를 가르치시던 유명한 연극평론가이신 어느 교수님이 어린 여학생들이 판에 박힌 생활을 하는 것이 참 안되었다는 표정을 지으며 때때로 반 진담 반 농담조로 질문하곤 했다.

"인생이 법대로만 되는 겁니까?" "출세하려고 고시생의 길을 선택했어요?" "근데, 인생에는 재미있는 가지가지 길이 많지 않나요?"

그저 막연하게 사회적 정의감을 실현하고 싶다는 꿈만으로 장차 판사가 되겠다며 접어든 길인 만큼 자기 확신이 서지 않았던 어린 때인지라 그 교수가 그냥 던진 한마디 말에도 마음에 상처를 입었다.

대학 3학년 때 긴 여름방학을 보내기 위해 지방의 어느 작은 비구니 암자를 찾았다. 한 달간 법률서적을 탐독하다 보니 지루해지기 시작했다. '언제 이 공부를 다 마칠 수 있을까? 과연 해낼 수 있을까?' 자신감이 없어지고 회의가 들면서 그 사이 잊고 지냈던 매미소리가 시끄럽게 귓전을 때리고 온갖 잡념이 맴돌아 공부에 도무지 전념할 수가 없었다. 가지 않았어야 할 길을 잘못 들어선 게 아닐까 하는 정신적 방황이 심해져갔다.

아직도 하산하려면 한 달이나 남았는데……. 답답한 마음에 스님 방을 기웃거리다가 불교서적을 탐독하게 되었는데, 그중 선승들이 어떻게 도를 깨치게 되었는지 일화를 소개한 책이 재미있었다. 그런 책에 빠져 있던 중 시선을 드니 흐드러지게 핀 백일홍 나무 아래 단정한 자태로 앉아 있는 한 스님의 모습이 눈에 띄었다.

스님 곁에 살그머니 다가가자 스님은 생각에 잠긴 표정으로 인기척을 느끼지 못하다가 문득 나를 알아보고는 옆에 앉으라고 권했다.

"저런 미물인 매미도 이 세상 밖에 나와 노래 한번 불러보려면 땅속에서 5년 이상을 애벌레로 기다려야 한대요. 내가 득도하려면 이 평생을 다 바쳐도 모자라겠지요……?"

그때 한 서른 되어 보이는 스님의 얼굴이 왠지 그늘져 보였던 것은 공부에 대한 안타까운 집념에 사로잡혀서 그랬구나 싶었다. 평생 바친 공부가 막연하고 허공을 헤맨 것 같을 때 나중에 후회할지도 모를 수행을 하면서도 스님은 적어도 평생을 바치겠다는 각오와 확신이 있었다.

세속의 공부가 지루하고 아득하고 힘들던 나에게 심연과 같은 스님의 고민은 말로 표현할 수 없는 자극이 되었다. 스님은 인생공부에 의미를 두고 긴 세월을 다 바치고도 공부를 다 이루지 못할까 큰 근심을 하는데, 나는 스스로에 대한 믿음도 없이 겨우 이 세속의 공부에 막막해하고 있구나.

매미는 무수한 세월을 땅속에서 기다린 끝에 짧은 여름을 한번 화려하게 보내고 일생을 마치기에, 그래서 더욱 그 생이 소중하여 한순간도 허비하기가 아까워 쉴 새 없이 절절하게 울고 있는지 모른다. 매미도 그 짧은 삶일지언정 화려하게 꾸밀 줄 아는데 "한순간을 살더라도 후회 없이 살고픈" 매미처럼 주어진 순간을 소중하게 여기자는 마음을 먹었던 순간이 있었다.

작은 일에도 잘 감동받고 감수성이 예민하던 시절을 추억하게 만든 〈하루살이의 노래〉를 감상하면서 내 볼일(?)을 다 마치고 나오다가 국회본관 앞에 멈추어 서서 일부러 저 멀리 허공을 쳐다보았다. 녹음이 우거진 쪽으로 한참 바라보고 서 있노라니 비로소 매미소리가 들린다. 진작부터 울고 있었을 매미를 이제야 알아채다니!

법관으로 발령을 받아 사회 초년생으로 단단한 각오를 가지고 출발하던 때, 아침마다 늘 새로운 기분을 가지곤 했었다. 어제와 다른 오늘을 새롭게 시작하겠다며 나를 추스르는 시간도 가졌었다. 내일이 되어 오늘을 잘못 보냈다고 후회하지 않도록 나에게 철저하자는 그런 다짐을 해보는 아침이 있었다.

그런데 정치인이 되고 나서는 이른 아침부터 바삐 움직이느라 그런 새로운 다짐을 하는 것도 잊고 지내왔다. 무엇엔가 쫓기면서 순간순간을 메우고 있는 것 같다.

　　피곤한 몸뚱아리
　　아낌없이 사르고
　　새 몸 새 얼굴로
　　세상을 밝히는 석양

　지극히 짧은 생을 마감해야 할지라도 오늘 아낌없이 사르고 내일 새로운 모습으로 세상을 밝히는 그런 석양을 닮고 싶은 것처럼 일상의 움직임은 늘 피곤하지만 오늘 아낌없이 사르고 또 내일 새 몸 새 얼굴이 될 수 있는 싱싱함을 되찾아야겠다.

　무상하게 변하는 격변의 소용돌이 속에서 제일 경계해야 할 것은 자기 확신의 부족일 것이다. 다시 한 번 매미소리를 들으면서 내게 주어진 이 순간, 이 과정을 소중하게 가꾸어가야겠다는 다짐을 해본다.
　자연의 바위가 한 번 호흡하는 시간보다 짧을지 모르는 찰나와 같은 것이 우리 인생이라고 한다. 하루를 살아도 한순간을 살더라도 후회 없이 살고픈 소망을 간직한 채 우리 생을 아름답게 가꾸어보자. 그러기에도 너무 짧을지 모르는 미완의 생이 우리 인생이 아닐까?

로버트 프로스트 · 가지 못한 길

[가지 않은 길, 가지 못한 길에 대한 갈증]

자신의 판단에 의해 힘든 길을 택하는 멋진 사람들에
대한 생각으로 군대 시절 내내 나의 '가지 않은 길'
또는 '가지 못하게 된 길'에 대한 갈증이
생길 때마다 나를 위로해 주었다.

1953년 부산에서 태어나 서울대 경영대학을 졸업, 동 대학원 경제학과와 University of Wisconsin-Madison 경제학 박사학위를 받았다. 공정거래위원회, 통계청 등 정부부처의 자문위원을 역임했고, 현재 상명대 경제학과 교수로 재직 중이며 경제정의실천연합 부설 경제정의연구소 소장으로 활동중이다. 저서로 《국가 경쟁력 향상의 길》이 있다.

가지 못한 길

로버트 프로스트

단풍 든 숲 속에 두 갈래 길이 있더군요.
몸이 하나니 두 길을 다 가볼 수는 없어
나는 서운한 마음으로 한참 서서
잣나무 숲 속으로 접어든 한쪽 길을
끝간 데까지 바라보았습니다.

그러다가 또 하나의 길을 택했습니다.
먼저 길과 똑같이 아름답고,
아마 더 나은 듯도 했지요.
풀이 더 무성하고 사람을 부르는 듯했으니까요.
사람이 밟은 흔적은
먼저 길과 비슷하기는 했지만,

서리 내린 낙엽 위에는 아무 발자국이 없고
두 길은 그날 아침 똑같이 놓여 있었습니다.
아, 먼저 길은 다른 날 걸어보리라! 생각했지요

인생 길이 한번 가면 어떤지 알고 있으니
다시 보기 어려우리라 여기면서도.

오랜 세월이 흐른 다음
나는 한숨지으며 이야기하겠지요.
〈두 갈래 길이 숲 속으로 나 있었다, 그래서 나는
— 사람이 덜 밟은 길을 택했고, 그것이 내 운명을 바꾸어놓았다〉 라고.

가지 않은 길, 가지 못한 길에 대한 갈증

대학 4학년 때 어쩌다 학생데모에 관련되어 학교에서 제적된 적이 있다. 계엄령 하의 데모여서 데모 주동자들뿐만 아니라 단순 참가자들 중에서도 소위 죄질(?)이 나쁜 학생들을 본보기로 처벌하게 되었는데 거기에 영광스럽게(?) 포함된 것이다. 게다가 다음 날 아침 일간신문들이 경쟁적으로 실었던 200명의 제적자 명단에서 내 이름을 발견하고 제적된 사실을 알게 되었을 정도로 그 경위도 어이없었다. 신문을 보기 전 학교 갈 준비를 하고 있었으므로, 그날부터 학교엘 갈 수 없는지 고민했던 기억이 지금도 새롭다.

학생 신분을 잃게 됨에 따라 나는 급작스러운 신분상의 변화에 내동댕이쳐지게 되었다. 우선 당장 군대에 입대해야 했다. 제적된 지 일주일 만에 신체검사 통지서를 받게 되었고, 그 일주일 후 육군에 입대하였는데 아마도 최단기 입대기록 중 하나가 아니었을까 싶다. 게다가 우리 같은 불온분자(?)들은 실상을 배우고 오라는 정부의 배려(?)로 최전방행으로 고정되어 있어, 당시 같이 훈련을 받았던 150명의 동기생 가운데 누구도 원하지 않는 강원도 전방에 배치된 두 명 중 한 명으로 당당하게 뽑히기도 했다.

대학생이 아닌 고등학교 졸업자로 최전방에서 시작된 군대생활은 사실 그다지 깔끔하게 진행되지 못했다. 지금도 마찬가지겠지만 좋은 군인의 필수요인 중 하나가 어느 정도의 노동능력인데, 대학 4학년이 될 때까지 삽질도 제대로 해본 적이 없는 나는 부대에서 요구하는 개인별 할당량을 채우지 못해 한심한 취급을 받은 적이 한두 번이 아니었다. 소위 말하는 고문관 취급을 받게 되었는데, 그 경험은 나에게 상당히 충격적이었다. 그 때까지만 해도 공부도 어느 정도 했었고, 중·고등학교 때 학생간부로 선출되기도 하여 우쭐했던 자존심이 여지없이 무너져버렸기 때문이다. 육체적인 어려움뿐만 아니라 시골에서 자라 학력도 낮았던 주위 동료들이 인격적으로나, 인간적으로 나은 점도 많다는 사실을 깨닫는 것도 사실 즐거운 경험은 아니었다.

어려운 군대생활 과정에서 그리고 어쩌다 휴가를 나가서 대학친구들이 괜찮은 회사에 취직하여 나름대로 의미 있는 생활을 하는 것을 보면서 나는 모두가 바라 마지않는 미래를 날려버린 것에 대해 속으로 힘들어했다. 지금과 달리 당시 대학생들의 대부분이 군대를 가지 않았으므로 상대적인 박탈감이 더 컸으리라는 생각도 든다. 게다가 복학을 기대하기 어려웠으므로 고등학교 졸업자로서 앞으로 나의 인생을 어떻게 꾸려나가야 할지에 대해서도 고민하지 않을 수 없었다.

로버트 프로스트의 〈가지 못한 길(The Road Not Taken)〉이라는 시를 우연히 읽게 된 것도 이 무렵이었다. 어떻게 읽게 되었는지 잘 기억이 나지 않으나, 남들이 가지 않는 길을 선택했었고, 그에 따라 운명이 바뀌었다는 마지막 구절이 나의 마음을 사로잡았던 기억은 아직도 생생하다. 자신의 판단에 의해 힘든 길을 택하는 멋진 사람들에 대한 생각으로 군대 시절 내내 나의 '가지 않은 길' 또는 '가지 못하게 된 길'에 대한 갈증이 생길 때마다 나를 위로해 주었다.

제대하기 석 달 전 대학교로의 복학이 허가되었다. 그 연락을 참호구축을 위해 산 정상으로 나무를 운반하다가 받게 되었는데, 한 시간 정도 참호 끝 쪽에 아무 생각 없이 멍하니 걸터앉아 있어야 했었다. 제대 말년 고참 시절이었으니까 아무도 일하지 않는 것에 대해 시비 걸지는 않았지만, 다시 나무하러 내려가기 위해서 얼마간 마음을 추스렸던 기억에 지금도 아련해진다.

잃어버린 줄만 알았던 기회였기에 대학에 복학한 후 상당히 열심히 공부에 매달렸다. 멋진 대학생활과 공부는 서로 양립하는 것이 아니라고 주장했던 나를 알고 있었던 친구들이 본다면 놀랄 정도로 도서관에서 시간을 보내곤 했다. 결국 대학졸업 후 대학원에도 진학하고, 그것도 모자라 미국에서 학위를 받기 위해 5년을 더 공부했는데 천성적으로 게으른 나의 성격상 당시의 절박했던 경험들이 없었더라면 생각하기 힘든 방향 전환이 아닐 수 없다. 오늘날 내가 계속 공부하는 직업을 가지게 된 것이 젊은 시절 남이 가지 않은 길을 택함에 기인했다고 말한다면 지나친 비약이 될까?

내게 젊은 시절이 다시 주어진다면, 아무리 옳다고 믿더라도 다시 데모

대열에 끼어 3년이라는 세월을 인내할 수 있을지 자신이 없다. 젊은 시절의 3년은 군대에서 보초를 서거나 나무를 하면서 보내기에는 너무나 소중한 시절일 수 있기 때문이다. 그러나 남이 가지 않은 길을 선택했다고 해서 내가 손해만 보았다고 생각하지는 않는다. 예를 들어 나는 어떤 음식이든지 가리지 않고 잘 먹는다. 군대에서는 일요일 점심때마다 산 아래에서 끓여져 공급되는 라면을 종종 먹었는데, 운반에 적어도 30~40분이 소요되므로 퉁퉁 불어 우동사리만큼 굵어진 라면가락에 젓가락질을 해야만 했다. 그러한 라면을 먹어본 사람이라면 사실 이 세상에서 못 먹을 음식을 찾기 힘들다.

지금까지 가능한 한 다른 사람들을 무시하거나 남의 자존심에 상처 주지 않으며 살고자 노력했는데, 군대 3년이 내게 고문관의 서글픔을 절실히 가르쳐주었기 때문이다(물론 주위 사람들은 그렇게 평가하지 않을 수 있겠지만). 돌이켜보면 지금 집사람과의 결혼 역시 나의 곤경과 전혀 무관하다고 말하기 어렵다는 생각도 든다. 집사람과는 대학 초부터 사귀었는데 그런 황당한 사건으로 입대당한 남자 친구에게 차마 헤어지자는 심한 말을 하기는 힘들었을 것이고, 차일피일 미루며 3년을 지내다 보니 결국 결혼까지 진행된 바도 없잖아 있기 때문이다.

우리는 살아가면서 자의든 타의든 많은 선택을 한다. 그리고 시간이 흐른 후 만일 다른 선택을 했다면 우리의 인생이 어떻게 되었을까 하고 숙명적으로 돌아보곤 한다. 내가 다른 직업을 택했다면, 내가 다른 사람과 결혼했더라면, 내가 그때 그런 투자를 했거나 또는 하지 않았더라면 등등 생각해 보면 끝이 없다. 가지 못했던, 그러나 갈 수는 있었던 길이 있기에 웰즈는 《타임머신(The Time Machine)》이라는 책을 쓰고, 스필버그는 〈백 투 더 퓨처(Back to the Future)〉라는 제목을 가진 영화를 세 편이나 만들었으리라.

그러나 실제 인생에서 돌을 잘못 놓았으니 한 수 물러달라고 억지 쓸 수가 없다는 것이 문제다. 실수했을 때 물릴 수도 없고, 그렇다고 판을 포기할 수도 없다면 우리는 다시 일어서려고 노력할 수밖에 없다.

프로스트의 시처럼 우리가 아무리 한숨 쉬더라도 가지 못한 길을 다시 택할 수가 없다면, 포기한 길에 대한 미련보다 선택한 길이 어디로 향하든지 소중히 따라가는 것에서 인생의 묘미를 느낄 방법을 찾아야 한다. 어느 길을 선택하더라도 장미의 화원만이 우리를 위해 기다려준다고 생각되지 않으며, 또 사실 나처럼 커다란 악수를 둔 경우에도 지나보면 살아가는 방법이 다 생기기 마련이니 말이다.

정호승 · 희망을 만드는 사람이 되라

[살아가며, 부딪혀가며, 희망을 나눠주며]

시 속의 구절구절을 마음속으로 되뇌이면서 비록 오늘
내가 힘들고 우리의 동지가 어렵지만 희망이 있기에,
내일은 오늘보다 나을 것이라는 희망이 있었기에
그 시절을 이겨나갈 수 있었습니다.

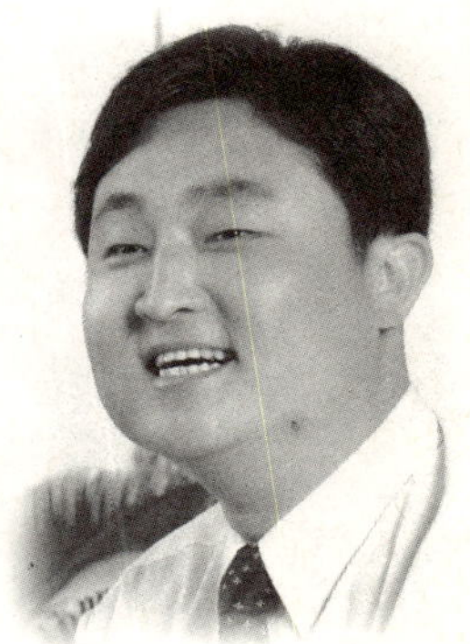

1964년 충남 부여에서 태어나 고려대를 졸업했다. 한겨레 전자유통을 설립 대표이사를 역임했고, 새정치국민회의와
새천년민주당의 창당의원으로 활동했으며, 현재는 새천년민주당의 동대문을지구당 위원장으로 활동중이다.

희망을 만드는 사람이 되라

정호승

이 세상 사람들 모두 잠들고
어둠 속에 갇혀서 꿈조차 잠이 들 때
홀로 일어난 새벽을 두려워 말고
별을 보고 걸어가는 사람이 되라
희망을 만드는 사람이 되라

겨울밤은 깊어서 눈만 내리어
돌아갈 길 없는 오늘 눈 오는 밤도
하루의 일을 끝낸 작업장 부근
촛불도 꺼져가는 어둔 방에서
슬픔을 사랑하는 사람이 되라
희망을 만드는 사람이 되라

절망도 없는 이 절망의 세상
슬픔도 없는 이 슬픔의 세상
사랑하며 살아가면 봄눈이 온다.

눈 맞으며 기다리던 기다림 만나
눈 맞으며 그리웁던 그리움 만나
얼씨구나 부둥켜안고 웃어보아라
절씨구나 뺨 부비며 울어보아라

별을 보고 걸어가는 사람이 되어
희망을 만드는 사람이 되어
봄눈 내리는 보리밭길 걷는 자들은
누구든지 달려와서 가슴 가득히
꿈을 받으라
꿈을 받으라

살아가며, 부딪혀가며, 희망을 나눠주며

꽁꽁 얼어붙은 한겨울만 계속될 것 같던 지난 80년대였습니다.

나의 조국과 민족을 위해 무언가를 해야만 했던, 그 시절을 살았던 그 수많은 동지들처럼 저 역시도 그렇게 투쟁의 대열에서 독재와 탄압에 맞서 싸우던 시기였습니다. 그렇게 몸으로 독재와 탄압에 대항하는 그 어렵고 힘들었던 시기에 나의 가슴을 뜨겁게 달구었던 단어가 있었습니다.

바로 '희망' 이었습니다.

그리고 그 희망을 노래하는 시가 있었습니다.

정호승 님의 〈희망을 만드는 사람이 되라〉, 바로 이 시입니다.

이 시 속의 구절구절을 마음속으로 되뇌이면서 비록 오늘 내가 힘들고 우리의 동지가 어렵지만 희망이 있기에, 내일은 오늘보다 나을 것이라는 희망이 있었기에 그 시절을 이겨나갈 수 있었습니다.

"쥘 것이 없어 돌을 쥔다"라던 어느 시인의 말처럼 움켜쥘 거라곤 돌멩이밖에 없던 그 캄캄한 역사 속에서도 우리는 가슴으로 희망을 품고 살았습니다.

사실 '희망' 이라는 단어만큼 추상적인 말도 없을 것입니다.

무엇인지 보이지도 않고, 언제쯤이면 이루어진다는 약속도 없습니다. 그럼에도 불구하고 많은 사람들이 희망을 노래하고, 또 희망을 가슴속에

품고 사는 것은 고단한 삶 속에서도 무언가 놓칠 수 없는 그런 단단한 고
리가 있기 때문인 듯합니다.

　예정된 미래가 없고, 정해진 인생이 아니기에 우리는 항상 도전하고 꿈
을 꾸는 게 아닐까요? 만약 꿈이 없고 희망이 없는 그런 삶이라면 우리는
그 어떤 힘든 시절보다도 더한 암울함 속에 살아야 할 것입니다. 하지만
다행스럽게도, 또 감사하게도 우리의 마음속에는 항상 '희망'과 '꿈'이 있
기에 힘들지만 오늘을 이길 수 있는 듯합니다.
　하지만 이 시에서는 희망을 품고만 살아가라고는 말하지 않습니다.
　살아가며, 그렇게 부딪혀가며, 희망을 들고 나누어주는 사람이 되길 바
라고 있습니다.

　그래서 이 시가 저의 마음을 사로잡았는지도 모릅니다. 그리고 그런 사
람이 되고 싶었습니다. 고난의 세월을 묵묵히 이겨온 그런 사람들에게 희
망을 만들어주는 사람이 되고 싶었습니다. 그리고 부족하지만 지금도 그
런 사람이 되려 노력하고 있습니다.
　또한 앞으로도 그런 올곧고 바른 정치인이 되기 위하여 부단히 힘을 아
끼지 않겠습니다. 어려웠던 시기에 제 가슴을 메워주었던 이 시 한 편처럼
항상 희망을 노래하려 합니다.

황교안

윤동주 · 서시(序詩)

[용정에서 부르는 희망의 노래]

나의 경우가 독특한지는 몰라도 동주의 시는 낭송하며
시어(詩語)들을 뱉어낼 때 더 가슴속 깊이 스며드는
것만 같다. 동주의 시를 대할 때마다 느끼는 것이지만,
얼마나 영롱한 운율에 담긴 찬란한 시상들인가?

1957년 서울에서 태어나 성균관대 법대를 졸업했다. 제23회 사법고시에 합격, 청주지검을 시작으로 대검찰청장을 역임했고, 현재 서울지검 공안 2부장으로 재직중이다. 저서로 《종교 활동과 분쟁의 법률지식》《검사님, 이럴 땐 어떻게 해야 되나요?》《국가보안법 해설》 등이 있다.

서시(序詩)

윤동주

죽는 날까지 하늘을 우러러
한 점 부끄럼이 없기를
잎새에 이는 바람에도
나는 괴로워했다.
별을 노래하는 마음으로
모든 죽어가는 것들을 사랑해야지
그리고 나한테 주어진 길을
걸어가야겠다.

오늘 밤에도 별이 바람에 스치운다.

용정에서 부르는 희망의 노래

‘검사’와 ‘한 편의 시’—잘 어울리지 않는다고 생각되는 단어들의 조합이다. 검사들이야 삭막한 범죄와의 전쟁 속에서 메마르고 인정도 없는 몰정서의 대명사로 알려져 있지 않은가. 그러나 어찌하랴, 이것도 피할 수 없는 운명의 아이러니인 것을……. 학창 시절, 가끔 습작시 한 편씩을 끄적거렸던 알량한 시 사랑 때문에 ‘문학사상사’의 원고 청탁을 거절하지 못하고 말았다.

1974년 여름, 고등학교 2학년 때였다. 소위 명문고에 입학했다는 설렘으로 어줍잖게 1년 반을 놀며 허송세월하다가, 여름방학이 시작되자 문득 정신이 들어 대학입시에 대비해야겠다고 다짐하게 되었다. 그러고 나서는 나도 뜻밖에 가장 먼저 종로 2가로 나가 당시 젊은이들이 즐겨 찾던 종로서적에 들러서 시집 한 권을 샀다. 윤동주의 《하늘과 바람과 별과 시》 중 “별 하나에 추억과, 별 하나에 사랑과……” 하는 〈별 헤는 밤〉이 그리워서였다. 당시로서는 아주 그럴듯한 장정에 세련된 편집으로 한껏 멋을 부린 책이었다.

그날 밤, 별 생각도 없이 그 시집의 가장 첫 머리에 나와 있던 〈서시(序詩)〉부터 읽어나가기 시작했다. 밤이 깊었지만, 마음이 동하면 어느 정도 크게 소리내 읽기도 했다. 나의 경우가 독특한지는 몰라도 동주의 시는 낭송하며 시어(詩語)들을 뱉어낼 때 더 가슴속 깊이 스며드는 것만 같다. 동주의 시를 대할 때마다 느끼는 것이지만, 얼마나 영롱한 운율에 담긴 찬란한 시상들인가? 이렇게 마지막 윤동주의 연보(年譜)까지 다 읽고 나서야 비로소 잠이 들 수 있었다.

그로부터 19년이 지난 1993년 5월 28일, 당시 세간을 시끄럽게 했던 소위 슬롯머신 사건이 터졌고, 그 사건으로 인해 고등검사장 중 세 명이 동시에 검찰에 소환되어 조사를 받게 되었다. 고등검사장이라고 하면 전국을 통틀어 모두 여덟 명에 불과한 검찰총장 다음의 검찰 내 최고위직급이다. 그런데 그런 고등검사장들이 후배 검사들의 조사대상이 되었을 뿐 아니라, 그중 한 분은 급기야 비리혐의로 구속되고 말았다. 말할 수 없이 참담한 심정이었다. 그때 문득 떠오른 시가 바로 윤동주의 〈서시〉였다.

죽는 날까지 하늘을 우러러
한 점 부끄럼 없기를…

어떤 역경을 극복하고서라도 이 땅에 정의를 세우는 한 명의 지사(志士)가 되겠노라고 검사가 되었는데, 어쩌다가 온 세상의 지탄을 받는 문제집단 중의 하나가 되었나 생각하니 참으로 안타깝기 짝이 없었다. 당시 검찰에 출두했던 한 고등검사장께서 내게 전화를 하여 자신의 결백을 주장하면서 그런데도 자신이 검찰에 나가 여론재판의 희생양이 되는 것이 옳겠는지 물어오셨다.

얼마나 답답했으면 까마득한 후배인 내게 그런 상의까지 하게 되었을까 하는 생각에 가슴 아팠다. 그분을 가까이 모시고 근무한 일까지 있었지만, 그럼에도 불구하고 검찰에 출두하여 조사를 받으셔야 한다고 고언을 드릴 수밖에 없던 내게 있어서, 그 이후 〈서시〉는 검사 생활의 좌우명이 되었다. 어려움이 있을 때마다 늘 되뇌며, "잎새에 이는 바람에도" 괴로워하는 검사가 되자고 다짐하곤 했다.

아, 그러고 보니 〈서시〉의 메시지는 내가 지향하던 검사상과 얼마나 유사점이 많은가. 스물여섯 약관에 청운의 꿈을 품고 검사가 된 후 나는 무엇이 되려고 했던가. '공정하게 수사하고 바르게 판단하는 곧은 자세(公檢明察)'를 지켜야 한다고 스스로를 다졌는데, "하늘을 우러러 한 점 부끄럼이 없기를"에서 공감하게 된다. '강한 자의 비리를 척결하고 약한 자의 실수를 관용한다는 정의로운 검사(去惡作善)'가 되자고 각오한 바 있는데, "나한테 주어진 길을 걸어가야겠다"라는 시구에서는 물론 〈서시〉 전반에 흐르는 일제에 대한 항거정신과 애틋한 동포애에서 같은 맥을 발견하게 된다.

'자신에게는 서릿발처럼 엄격하고 사건 당사자에게는 온화한 인간관계(持己秋霜 待人春風)'를 유지해야 한다는 검사로서의 다짐은 "잎새에 이는 바람에도 나는 괴로워했다" 그리고 "모든 죽어가는 것들을 사랑해야지"라는 표현들 속에서 가슴 저리게 느끼게 되었다.

어린 시절 아름다운 시어와 풋풋한 시상을 찾으며 옅은 아름다움을 노래하던 나, 시의 서정성을 중시해 왔던 나의 검사 생활 20년 만에 시가 현실 삶의 철학이 되었다. 뜻밖이다. 나의 변절일까, 시의 기능 변화라 해야 할까?

이제 검치일(檢恥日)로 불리는 그날로부터 어언 10여 년이 지나고 있다. 그러나 검찰의 시제(時制)는 여전히 '밤'인 것 같다. 검찰에 대한 여론의 시선은 참기 어려울 정도로 따갑기만 하다. 돌이켜보면 나 자신부터도 스스로의 좌우명조차도 지키지 못하며 검사 생활을 하고 있는 것 같다. 윤동주는 철저한 자기 성찰로부터 도덕적 순결성을 지키고자 괴로워했는데, 내가 과연 공사 생활에 있어서 부끄러움 없는 삶을 살았다고 자부할 수 있는지.

특히 걸리는 것은 "모든 죽어가는 것을 사랑해야지" 하는 구절인데, 내가 처리했던 많은 사건들에 있어서, 경제적으로 가난한 자, 정치적으로 힘이 없는 자, 사회적으로 소외된 자의 편에 서서 그들을 사랑하는 마음으로 검사직을 수행해 왔는지 자성하지 않을 수 없게 된다.

그럼에도 불구하고 〈서시〉는 내게 "나한테 주어진 길을 걸어가야겠다"라는 말로 새롭게 출발할 수 있는 힘과 도전을 준다. 윤동주는 참으로 암울했던 일제시대에도 희망을 잃지 않고 겨레에게 소망을 일깨워주었을 뿐 아니라, 오늘도 여전히 내게 아무리 어두워도 별이 비추고 있다는 것을 상기시켜 주는 것이다.

1997년 7월 사법연수원 교수로 재직하던 시절, 통일법학회 소속 사법연수생들과 함께 백두산 가는 길에 용정에 있는 윤동주의 모교 대성중학교를 방문할 기회가 있었다. 정문에 들어서자마자 제일 먼저 눈에 띄는 것이 '윤동주 시비(詩碑)'라는 커다란 돌비석이었다. 어떤 시가 적혀 있을까 하는 궁금증을 갖고 다가가보니 역시 〈서시〉. 그가 떠난 지 벌써 50여 년이 지났건만 동주는 그곳 용정에 홀홀히 서서 예전과 같은 모습으로 부끄럼 없는 희망의 노래를 부르고 있었던 것이다.

4권 시인 편

나를 매혹시킨 한 편의 시 6

ⓒ 문학사상사, 2002

초판 1쇄 —— 2002년 11월 5일
초판 2쇄 —— 2003년 1월 5일

지은이 —— 강 금 실 외
펴낸이 —— 전 성 은
펴낸곳 —— (주)문학사상사
주 소 —— 서울특별시 송파구 오금동 91번지(138-858)
등 록 —— 1973년 3월 21일 제 1-137호

편집부 —— 3401-8543~4
영업부 —— 3401-8540~2
팩시밀리 —— 3401-8741~2
홈페이지 —— www.munsa.co.kr
전자우편 —— munsa@munsa.co.kr
대체계좌 —— 010017-31-1088871
지로구좌 —— 3006111

잘못 만들어진 책은 구입하신
서점이나 본사에서 바꾸어 드립니다.

값은 표지 뒷면에 표시되어 있습니다.

ISBN 89-7012-429-2 04810